大山淳子
Oyama Junko

講談社

猫弁《ねこべん》と狼少女《おおかみしょうじょ》

登場人物

百瀬《ももせ》　太郎《たろう》　通称猫弁
大福《だいふく》　亜子《あこ》　百瀬の婚約者
野呂《のろ》　法男《のりお》　百瀬法律事務所の秘書
仁科《にしな》　七重《ななえ》　百瀬法律事務所の事務員
正水《まさみず》　直《なお》　百瀬法律事務所のバイトで受験生
沢村《さわむら》　透明《すけあき》　ひきこもり弁護士
左野《ひだりの》　麦子《むぎこ》　依頼人
鈴木《すずき》　晴人《はると》　被告人
明石《あかし》より子《こ》　検事
こっちのさとる　被疑者
岸本《きしもと》　幸介《こうすけ》　巡査
冬月《ふゆつき》　るり　少女
柳《やなぎ》　まこと　獣医
山田《やまだ》　百瀬の同級生
遠山《とおやま》　健介《けんすけ》　青い鳥こども園の園長（のちの理事長）

登場動物

テヌー　百瀬と暮らすサビ猫
杉山《すぎやま》　沢村と暮らすタイハクオウム
サファイアプリンセス　ヒマラヤン
銀《ぎん》　ロシアンブルー
ジョセフィーヌ　フランス駐日大使の犬

目次

装画　カスヤ ナガト
挿画　北極まぐ
装幀　next door design

猫弁《ねこべん》と狼少女《おおかみしょうじょ》

第一章　しゃれこうべ

「これは王子の目だま」

そう言って少女はてのひらをそっと開いてみせた。

ガラスのように透明感がある青い石。丸でも四角でもなく、自然の中で生まれ、自然によって削り取られた、そんな姿をしている。陽《ひ》の光を受けて、紫になったり、群青になったり、真っ青になったりしている。

森の奥深くにひっそりと存在する湖の底を覗《のぞ》き込《こ》んだような気がした。

吸い込まれそうで怖いが、目を逸《そ》らすことができない。少女のあかぎれだらけのてのひらの上で神秘的な世界が静かに輝いている。

「それ、どうしたの？」と尋ねた。

少女は意地悪そうに微笑《ほほえ》み、てのひらを閉じた。

もっと見ていたかったし、それが何だか知りたかった。彼女は王子の目だまと言ったけれど、眼球って丸いものだし、硝子体《しょうし》や角膜も見当たらなかった。

知りたい。図鑑の何ページに載っている何某《なにがし》であると、はっきりさせたい。真実が好きだ。真実こそがすべてだ。真実を獲得したい。

あいにく少女は真実に興味がないようだ。

「王子に返しに行かなくちゃ」

おとぎ話のようなことを言って、少女は走り出した。

「待って！」

少女は走ってゆく。裸足《はだし》で走ってゆく。神秘を握りしめて走ってゆく。あちこちほつれた長い髪と煮しめたような灰色のワンピースをなびかせ、風のように走る。どんどん遠くへ行ってしまう。なのにこちらは足がもたついて前へ進めない。

あの子は裸足だから速いのだ。自分も裸足になろうと靴を脱ごうとしたら、どうしてだろう、おとなの靴を履いている。ぴかぴかの、立派な革靴。

こんなものを履いていたら、走れるわけがない。

とにかく脱ごう、脱いで追いかけなくちゃ。しかし脱げない。まるで体の一部になってしまったかのように足にくっついて離れない。

少女はもうはるか先に行ってしまい、今にも見えなくなりそうだ。青い神秘をひとりじめして消えてしまおうとしている。

「……(待って)」

声が出ない。腹に力をこめて息を大きく吸う。

「待って!」


ビクッと体が動いて、百瀬太郎《ももせたろう》は目を覚ました。

夢か。

竹を用いた竿縁《さおぶち》天井には見慣れたシミがない。ここは長年暮らした六畳一間のアパートではなく、戸建ての家だ。まだ慣れておらず、毎朝軽く驚いてしまう。

足の上にはサビ猫のテヌーが寝そべっており、「起こさないでよ!」と不服そうにこちらを睨《にら》む。脱げない靴の正体はテヌーだったのだ。

朝日が障子を通してやわらかく降り注ぎ、テヌーのまだらなくすみ色の毛が金色に輝いている。

久しぶりにあの子に会えた。夢に現れる裸足の少女。

ほつれた長い髪。灰色のワンピース。

いつも突然現れる。忘れないでというように。

忘れるはずがない。大切な記憶のひとひらだ。

百瀬はよく夢を見る。夢の中では少年だったり、青年だったりする。周囲の人、たとえば百瀬法律事務所の秘書である野呂法男《のろのりお》や事務員の仁科七重《にしななえ》もときたま登場するが、彼らは実年齢の姿をしている。百瀬ひとりが子どものまま、あせったり、困ったりして、たいてい最後にひとり置いていかれ、「待って！」と叫んで目が覚めるのだ。

そして自分は四十を過ぎたおじさんだという現実を知る。

夢と書いてせつないと読む、それが百瀬の心情だ。

昨夜は仕事で遅くなり、帰宅したのは深夜三時を回っていた。風呂にも入らずパジャマに着替え、倒れるように寝てしまった。

六時五分前。アラームが鳴る五分前に目を覚ます。いつものことだ。

隣の布団では愛する女性が小さな口を半開きにして寝息を立てている。

婚約者の大福亜子《だいふくあこ》とひとつ屋根の下で暮らしている。依頼人から棚ぼた的に借りることができたレトロな平屋でふたりの共同生活は始まり、今のところ致命的なトラブルはなく三ヵ月が過ぎた。何時に帰宅するかわからぬ百瀬のために、亜子はいつも隣に布団を敷いてくれている。

こんな幸せがあってよいのだろうか。

布団はふかふかだ。亜子の両親がプレゼントしてくれた高級布団である。亜子はダブルベッドに憧れていたが、彼女の父親が猛反対して、高級布団セットに落ち着いたらしい。

ある日どーんと送りつけられた巨大な荷物に驚かされた。

百瀬は寝具について全く意見を求められなかったし、亜子が使うものと思っていたが、包みを開けてみると二組の贅沢《ぜいたく》な布団セットで、オーガニックコットンが惜しみなく使われているため、かさ高く、押し入れを占拠してしまった。

結果、百瀬が長年アパートで愛用していた煎餅布団は即刻処分の憂き目にあった。

「その時あなたはうれしかった？　悲しかった？」と問われれば、「悲しかった」というのが正直なところだが、そんな問いを投げかけてくれるものはいない。

亜子は百瀬を大切に思ってくれているが、百瀬の愛用品は愛せないらしい。

二十五年ものの二槽式洗濯機も、木箱に入った重たい電気アイロンも、炊飯釜も、真新しい家電製品に席を譲った。若い時になけなしの金で少しずつ買《か》い揃《そろ》えたものたちと別れるのは悲しい。いつ何時亜子に見限られ、ひとり暮らしに戻るかもしれないので、炊飯釜とアイロンは庭の倉庫に隠し置いた。保険のようなものだが、見つかれば、断捨離の女王に粛清されてしまう。

離婚保険ってあるのかな？　あってもよさそうなものだが、百瀬と亜子はまだ籍を入れていないし、式も挙げていない。

今どきの最新家電製品はすごい。たいていコンピュータが内蔵されており、高機能である。それゆえ家庭で修理するのが困難だ。

百瀬が家具や家電製品を購入する際の基準は「適正価格」であることと、「不具合が生じた時に自分で修理できるもの」なのであるが、亜子との同居生活においては、無言を貫いている。

野呂は言うのだ。

「家の中のことは女性に主導権を握ってもらい、異論は唱えない。それが結婚を持続させるコツです」

自信たっぷりに主張するので、指南に従っているが、かくいう野呂に結婚歴がないことは不安要素である。

「とろろいも」

突然、亜子がつぶやいた。目は瞑《つぶ》ったまま、寝言だ。

彼女も最近は忙しく、残業続きと聞いている。疲れているだろうに、百瀬のために極上ふかふか布団を敷いてくれた。

自分にはもったいない女性だとつくづく思う。

亜子はナイス結婚相談所に勤務している。結婚相談所の役割は、会員同士のお見合いをセッティングしゴールまで導くことだが、「いつまでもそれだけやっていては宿敵マッチングアプリに勝てない」と亜子は言う。

差別化を図ろうと、業務の拡張を目指している彼女は、片思いの相手（会員外）へのアプローチ指南や夫婦になってからのトラブル相談、事実婚、同性婚、離婚に至るまで、結婚にまつわるよろず相談所に発展させるべく、企画書を作成中。固まったら役員会議でプレゼンをすると意気込んでいる。

先だって、ペットの結婚の相談に訪れた人がいて、受付係が、「それは動物病院にご相談ください」と門前払いしたと聞き、亜子は「そういうお客さまこそ大切にしなくては。会社が生まれ変わるヒントになるのだから」と思ったそうだ。そのうち、「ひまわりと朝顔の結婚だって不可能ではない」と言い出すかもしれぬ。

彼女は正真正銘、結婚のスペシャリストである。

なのに、ひとまわり年上のワケあり金なし町弁を生涯のパートナーに選んでしまった。

そのことにつき、亜子の親友の春美《はるみ》は「弘法《こうぼう》も筆の誤りってやつですね」と、百瀬の前で言い切った。つまり「ミスった」らしいのだ。

「ごぼう」

亜子が再びつぶやいた。根菜の夢を見ているのだろうか。その寝顔は少女のように清らかで、天使そのものである。

こんな幸せがあってよいのだろうか。

天使の寝顔に見とれていると、テヌーはふん、と鼻を鳴らして立ち上がり、ぷいっと部屋から出て行ってしまった。

百瀬は天使を起こさぬよう、自分の布団をそっと畳み、部屋を出る。

キッチンへ行き、待ち構えているテヌーに朝ご飯をあげ、飲み水を取り替える。

猫は砂漠の地で生まれたため水をあまり必要としないという説があるが、テヌーは水が大好きだ。風呂の残り湯や、キッチンのシンクのたまり水、人が手を洗っていれば、蛇口から流れる水を飲みたがる。

少しずつ味を試しているようで、まるで利き水師だ。妙な水を飲んでしまわないよう、バスタブに入浴剤は使えないし、キッチンで洗い物をしたあとはしっかり洗剤を流し落とさねばならない。亜子は愛用の入浴剤があるようで、残念がっている。

テヌーが朝ご飯を食べている横で、百瀬は米を研ぎ、炊飯器にセットする。

この炊飯器はおしゃべりだ。朝、蓋を開けると「おはようございます」、米をセットすると「白米、普通炊き、炊飯を始めます」とのたまう。忠誠心むきだしの下士官のようにふるまってみせるが、心の底では上官を小馬鹿にしているに違いなく、突然、「蒸気にお気をつけくださいと危機感をあおったり、「炊き上がりました。ご飯をほぐしてください」とガミガミ命じたりするので、うるさくてたまらない。以前使っていた物静かで実直な炊飯釜が懐かしい。職人気質《かたぎ》で無駄口をたたかない。今は倉庫の中でじっと息を潜めている。

おしゃべり炊飯器の音声はオフにしてあるが、時々ふいに声を出すので、ドキッとする。誤作動ではなく、亜子が使うときにオンにするようだ。

これこそが人と暮らす醍醐味《だいごみ》だと百瀬は思う。

ひとり暮らし歴が長い百瀬にとって、「いつのまにか物が移動している」「冷蔵庫の中身が変化している」「オフにしたのにオン」「オンにしたのにオフ」などなど、数えあげたらキリがないほどのささやかなオドロキにあふれる日々だ。

出汁《だし》をとるため鍋を火にかける。

沸騰するまでの間に顔を洗ってワイシャツに着替え、エプロンをする。風呂に入っていないが、自覚として臭くないから、許してもらおう。

夢の同居生活が始まったが、忙しいふたりはともに過ごす時間が限られている。なるべく朝食は一緒にと思い、百瀬がこしらえることになった。

はじめは亜子がやりたいと言うので、野呂指南に従って手を出さずにいたが、時間がかかる上、失敗して結局は喫茶エデンに駆け込むこともしばしばで、恐る恐る「朝はわたしにやらせてください」と申し出た。

亜子は気を悪くするどころか、ほっとした表情になり、「では夜はわたしが。時間さえかければできるはず」と言うので、朝は百瀬、夜は亜子というルールになった。

とはいえ夜はともに忙しく、平日の夕食は別々に摂《と》っている。

休みの日は亜子がはりきってこしらえ、するとできあがるのが深夜になってしまうこともある。夜零時になぜか甘い八宝菜を食べながら、「間違えて砂糖を入れちゃった」と亜子が悔しそうな顔をしたりする。

そんなドタバタも、これぞ家族、家族ならではのトラブルだと、百瀬は楽しくてたまらない。にこにこしていると、「わたしの失敗がそんなにうれしいですか?」と睨まれ、「はい、うれしいです」と正直に答えたら、「意地悪!」と泣かれてしまったことがあるので、そのあたりの匙加減《さじかげん》が難しい。

夫婦関係に悩んでいる依頼人は多い。

夫の側は「話し合おうとしても妻は感情的になってしまって」と言い、妻側は「話を聞いてくれない」などと言い、どちらも「長年つれそうといろいろあるでしょう?」と言うのだが、独り身の百瀬は「いろいろある」が実感できずにいた。

今はわかる。悩める依頼人たちと違って、百瀬は「いろいろある」がうれしくてたまらない。

亜子はまだ戸籍上の妻ではないが「みなし妻」というか、「ほぼ妻」であり、こちらは「ほぼ夫」として、「ほぼ夫婦」の円満のための努力を重ねているという事実に、えもいえぬ満足を感じるのだ。

今日の朝ごはんのメニューは、皮がカリッと、身はジューシーに焼けた甘塩鮭《あまじおざけ》の切り身と、作り置きの切り干し大根の煮付け、無言で炊き上がった白いご飯、キャベツと油揚げの味噌汁《みそしる》だ。ぬか漬けは蕪《かぶ》と胡瓜《きゅうり》を二切れずつ。

姑《しゅうとめ》の敏恵《としえ》から分けてもらったぬか床は頼もしい味方だ。敏恵は主婦の嗅覚から娘の家事能力に見切りをつけ、百瀬にぬか床を託した。

ダイニングテーブルにそれらを並べ終える頃に、テヌーがにゃーううと鳴きながら寝室へ戻ってゆく。亜子を起こすのはテヌーの役目なのだ。

「ほほほう……ございます」

目をこすりながら、パジャマ姿の亜子がやってくる。短い髪が跳ねている。亜子の寝癖の髪が百瀬は愛《いと》しい。

「おはようございます」と百瀬は答える。

亜子はパジャマのまま席に着き、「いい匂い」と目を細めた。

百瀬は味噌汁をよそう。

ほぼ妻は小首を傾《かし》げてほぼ夫に問いかける。

「何かいいことありました?」

百瀬は「特には」とつぶやきながら、神妙に汁椀《しるわん》を差し出す。

亜子は両手で受け取り、「にこにこしてる。なんだかうれしそう」と言う。

「そうですか?」

「お仕事、うまくいってるんですね」

あなたがいるからです、という言葉は心におさめ、百瀬も席に着く。

「いただきます」

「いただきます」

こんな幸せがあってよいのだろうか。

正水直《まさみずなお》は二十階建ての法曹ビルを見上げた。

ここは、すべてのフロアに弁護士や行政書士の事務所が入っている法曹界のデパートだ。地下鉄の新橋駅から徒歩七分の閑静なオフィス街にひそやかに、でもじゅうぶんな威厳をもってそびえ立つ。

直は深呼吸をする。間違いない、百瀬から教えられたビルだ。

ここまでは無事にたどりつけた。入り口はオートロック式ではなく、管理人らしき人はいない。入ってすぐにエレベーターホールがある。ボタンを押そうとして、壁のプレートが目に入る。

「関係者以外のかたの立ち入りを固くお断りいたします」

丁寧な言葉遣い。注意書きにすら品格を感じる。びびっている直はつい、「阿《あ》呆《ほう》は近づくな」と深読みしてしまう。このエレベーターにはエリートしか乗ることが許されず、非エリートはセンサーでキャッチされ、防犯ベルが鳴り響くのだ。

「ピー、ピー、ピー、落ちこぼれ女子一名侵入、ドアをロックします！」

罠《わな》にはまったイタチのごとく捕らえられる、という末路が頭に浮かんでしまう。

もちろん直には理性がある。

天才ではないぶん常識的思考は百瀬太郎のはるか上をゆく自信があり、落ちこぼれセンサーは妄想の産物だとわかっている。

それだけ不安なのである。不安は理性でポイと捨ててしまえるものではない。自身の不安をなだめるために、階段で行くことにする。

エレベーターホールの奥にある室内階段を一段一段、踏みしめる。窓がなく薄暗いが、気にしない。直はいつだって、足を動かすことで気持ちを奮い立たせてきた。足を動かせば前へ進める。この単純かつ確実な方法は、「やりたいことができている」という自己肯定感を増してくれる。目的の三階に着く頃には、すっかりいつもの正水直に戻っていた。

まっすぐな気持ちで、『二見《ふたみ》・沢村《さわむら》法律事務所』のインターホンを押す。

すらりと背の高い女性が「いらっしゃい」と迎えてくれた。

待合室に案内された。女性は黒ぶちの四角いめがねをかけ、ザ・トーキョー人というたたずまいで、ライトグレーのパンツスーツに黒のピンヒールのパンプス、動くたびにふんわりと良《い》い香りがする。

名刺をくれた。佐々木《ささき》桜子《さくらこ》という優美な名前で、肩書きは秘書。完璧だ。なにがどうとは言えないが、完璧。重たく見えためがねも、知的な職業の裏方としてぴったりな選択に思えてくる。

「正水直さんね、百瀬先生から伺っています。沢村は今取り込み中なので、ここで待っていてくださる？」

薄い唇にくっきりとしたローズピンクのルージュ。眉は自然なアーチを描き、細いアイラインが二重の目を切れ長に見せている。

直は生まれて初めて「お化粧《けしょう》っていいものだなあ」と思った。

化粧には不信感があった。みんなどうしてするのか、不思議であった。故郷の友人たちは制服から解放された途端嬉々《きき》として髪を染め、化粧を始めたが、みなぎこちなく、痛々しく見えた。

東京で出会った大福亜子は、「メイクは鎧《よろい》。戦闘服みたいなもの。仕事に行く前には必ずする」と言うのだが、正直言って薄すぎて、すっぴんと区別がつかない。七重はというと、「乾燥はお肌の大敵」と言いながら、堂々とハンドクリームを顔に塗っている。

「甲府出身ですって?」

桜子は長い足を斜めに揃えて正面に座り、興味津々な目つきで尋ねてくる。

直は無言でうなずいた。

おそらく佐々木桜子は新宿伊勢丹《いせたん》で服を買い揃える人なのだ。故郷の父がいつも言っていた。「一流のものはすべて新宿伊勢丹に揃っている」と。

直は自分の服装を顧みる。トレーナーにチノパンツ、スニーカーで来てしまった。トレーナーは濃いめのベージュで、チノパンツは薄めのベージュだ。

朝、事務所に寄った時、七重に「まるでらくだじゃないですか!」と言われた。

「女の子なんだから、もっと明るい色を着たらどう? ピンクとか」と言われたが、ピンクだなんて聞くだけで蕁麻疹《じんましん》が出そうだし、ベージュはアースカラーで品のある色だと自信をもっていた。ああでも、ここに座っていると、せめて白とか、明るい色を着てくればよかったと、弱気になってくる。王宮に迷い込んだらくだのような気分だ。

完璧な桜子はまるで職務質問のようにらくだを問い詰める。

「沢村にアドバイスをもらいたいんですって？　いったい何を知りたいの？」

「それは」と言いかけて、ハッとした。

お金？　料金が発生する？

弁護士に相談するときはお金がかかるものと決まっている。なのにすっかり失念していた。百瀬には何を相談してもタダだったので、お金を払うという意識がすっかり飛んでしまっていた。甘い。自分はなんて甘いんだ。

直は百瀬を偉人だと思っている。いつかきっと児童書の伝記シリーズに加わると信じている。ナイチンゲールや野口英世《のぐちひでよ》とともに『百瀬太郎』が図書館の棚に並ぶ日がくるに違いない。

しかし偉人とはたいてい変わり者なのである。伝記ものを読むと、たいていそうだ。エジソンなんて子ども時代に火が燃える原理を知りたくて納屋を燃やしてしまったし、「空飛ぶ薬だ」と言って自作の薬を友人に飲ませてしまい、おおごとになったではないか！

エジソンと同様、百瀬も変人だ。だから、入学金振り込め詐欺にひっかかって東京に出てきた直を、赤の他人にもかかわらず、無償で救い、面倒を見てくれているのだ。

百瀬の採算度外視の行動で、野呂が経理のやりくりに苦労しているのを直は痛いほど知っている。野呂は秘書で最終決定権はないから、赤字が出そうになると百瀬に報告、すると百瀬は自分の収入を減らして収支を合わせる方針を指示する。

先日、それに野呂が異論を唱えていた。

「いい加減にしてください。ボスの給料が一番低いなんて、どう考えたっておかしいでしょう」と。すると百瀬は「堅いことは言いっこなし」と笑っているのだ。そんな時に限って七重まで「先生に一票！」と笑っている。変人事務所だ。

かたやこちらは新橋の法曹ビルに事務所を構え、ファッションモデルのような女性を秘書に持つ弁護士。タダで会ってくれるはずがないではないか！

直はあわててリュックから財布を出し、中身を確かめる。千円札が二枚と、小銭が少々、Ｓｕｉｃａが一枚。百瀬法律事務所から支給されたＳｕｉｃａには七千円チャージされている。交通費やバイト中の昼食費に充てていいと渡されているが、歩くのが好きなので滅多に使わない。今日も新宿から歩いてきた。

「あのう、三十分いくらですか？」

「あなた、依頼人なの？」

「いいえ、そういうわけでは。弁護士を目指しているんです」

「法学部の学生？　パラリーガル希望なのね？」

「いいえ、法学部は落ちちゃって」

「わかった、浪人中？」

「はい」

「まあ、いいんじゃないの。若い時の一年なんてあっという間だし」

「二浪目なんです」

「ということは、東大狙い？　大学のブランドにこだわらない方がいいわよ」

「いいえ、まさか。東大なんて」

「沢村に相談ってことは、ひょっとして予備試験を受けるつもり？」

直はうなずいた。

「まだ決めたわけじゃないんですけど、百瀬先生が、そういう道もあるって。沢村先生は大学へ行かずに予備試験で受験資格を得て、司法試験を受験したそうですね」

「ええそう。彼は高校も行ってないし、中学すらろくに通ってないのよ」

「予備試験の準備について聞いてみたらどうかって……」

「百瀬先生がおっしゃったのね」

「はい。あと、弁護士の仕事についても教えてもらいなさいって。自分のところは少し特殊だから、ほかの弁護士さんに会って、どういう仕事をしているか具体的にお伺いするようにと」

「ふふ、猫以外の案件の勉強ね？」

「百瀬法律事務所は猫専門ではありません」

ここは百瀬がこだわっているところなので、訂正しておかねばならないと直は思う。

「でも、まあ、ペット絡みの案件が多いので、百瀬先生は広く弁護士の仕事を知るべきだとおっしゃって、こちらへ伺うようにって」

「まるで社会科見学ね」

「はい、まあ、そうですね。すみません、お忙しいのに」

直は申し訳ない気持ちになり、もうすっかり帰りたくなっている。

桜子は腕を組み、ふーんと鼻を鳴らし、しばらく不気味に沈黙したあと、直を見つめて言った。

「大学行ったら?」

「え?」

「学生の身分っていいものよ。わたしは法学部出身だけど、司法試験は受けなかった。学生生活を満喫したかったの。恋愛やら旅行やら目一杯アクティブに過ごした。そして今は見ての通り、弁護士ふたりを働かせて、収入を得ているわけ」

「はあ……」

「わざわざ司法試験に挑戦する意味、あるかしら? あなたは若い。若さって貴重よ。取り戻せないんだから。背中を丸めて勉強し続けるなんて、もったいなくない? そんなの律儀な男たちにやらせておけばいい」

直は頭がぼーっとしてきた。この美しい秘書は、こつこつ学んで資格をとった弁護士たちをせっせと働かせ、新宿伊勢丹で服を買っているのだ。我が道を悪びれずにゆく痛快さが小気味よい。どこか七重に似ているような気もするが、見た目は全然違う。

直は自分に自信がないし、周囲に気を遣うタイプなので、堂々と自分の意見をぶつけてくる女性に憧れる。男だと高圧的に感じるが、女だと清々《すがすが》しく見えるから不思議だ。

桜子は言う。

「法律の世界で生きてゆくのに必ずしも資格が必要ではないと言いたいの」

「人を救う？」

「でも、あの、人を救うのには……」

「はい。わたしは人を救いたいんです。弁護士になって、困っている人の役に立ちたいんです」

「人の役に立ちたい。それが目標なの？」

「はい」

「ならなおさら資格なんて要らないじゃない」

「え？」

「百瀬先生、言ってたわよ。あなたは事務処理が丁寧でミスが少ない。真面目だけど融通もきく。周囲と調和するのが得意。そして何より親切ですって。たいへん優秀なバイトで助かってるって。ほらもう、役に立ってるじゃない」

直は肩の力が抜けていくのを感じた。このビルを見た途端に感じた、ただならぬ圧力からじわじわと解放されてゆくのを感じる。

「あなたは勤勉そうだから、法律の世界には向いていると思う。でもさっきも言ったけど、資格にこだわる必要はないのよ。資格があったって役に立たない奴《やつ》もいるんだから」

桜子は西洋人のように肩をすくめてみせた。

「沢村透明《すけあき》はねー、難しい男よ。変わり者。役には立つんだけど、取り扱い注意。うちの事務所は二見とわたしでまわしているんだから」

「二見先生って法律王子ですよね。テレフォン法律相談、見たことあります」

待合室に入ってすぐに目についた法律王子のポスター。「訴訟から恋の相談まで、法律王子になんでもお任せ！」とコピーが躍っている。

桜子は微笑む。

「ワイドショーでレギュラー持っているのが強みね。出演料はたいしたことないんだけど、テレビ局に出入りしている委託会社とつながるチャンスがあるの。おかげで顧問弁護士を掛け持ちしてるのよ。それが安定した収入になっている」

「ドラマの法律監修もされているって聞きました」

「あれはねえ、手間がかかるわりには報酬は少ない。けど、現場で知り合った俳優やディレクターが独立する時に相談にきたりするの。それで仕事の間口が広がるのよね。顔も売れるしね。テレビに出ているだけで依頼人の信用を得られる。まあ、一種の営業活動ってわけ」

「二見先生、優秀なんですね」

「うーん、どうかしら。優秀にもいろいろあって、二見は人間力というか、社交性ね。社会に適応する力は人一倍あると思う。でも、法的な分析力や処理能力が優れているのは沢村のほうで、ドラマの監修だって実際は沢村がやっているし、裁判の準備や陳述書の作成とか、ほぼ彼がやっているんだから」

「すごい。超優秀なんですね」

「でも人当たりが良いほうが断然有利なの。優秀さよりも臨機応変さ、従順さ、そういうのが好まれる。実業家や政治家から好かれるのよ。長いものにじょうずに巻かれてしまうほうが、うまくやれるの。おたくの百瀬先生は人当たりの良さはピカイチだけど、融通はきかないでしょ。頑固なところがある。あ、これ、悪口じゃないからね。社会に必要な人だと思う。一緒に働くのはごめんだけど、って話」

直はすっかり桜子が好きになった。忌憚《きたん》がなくてかっこいい。

桜子は腕時計をちらりと見た。

「そろそろ行きましょう」

「お忙しいんだったら、出直しますけど」

「時間は大丈夫。今日は当番担当日だから」

「当番？　担当？」

「当番弁護士制度。知らない？」

直はうなずき、リュックからノートとペンを取り出す。さっそく勉強だ。

「いい？　刑事事件で逮捕された場合、すぐに弁護士に相談したいでしょ。普段から弁護士を決めてる人はいいけど、そうじゃない人は困る。そういう人のための制度があるのよ」

「国選弁護人がいますよね」

「それとは別。国選弁護人は仕事に制約があって、逮捕直後はダメなの。勾留が決定してからしか動けないという微妙な制約があるのよ」

「そうなんですかあ」

「国選弁護にかかる費用は税金だから制約があるのはしかたない。ふつう逮捕されたら二日間は留置されて、警察で取り調べを受ける。それから検察に送致されて、勾留が決まる。勾留決定まで最長三日間、その間、被疑者は家族との面会も許されずにたったひとりって、あまりにも気の毒でしょ。そこで、被疑者が希望すれば、逮捕直後から弁護士と話すことができる、それが当番弁護士制度で、初回はタダ。費用は弁護士会が負担している、法曹界のボランティアよ。当番制なので、担当日は呼び出されたら行けるように事務所で待機しなきゃいけないの。二見は忙しいからうちは沢村の名前を登録してる」

「じゃあ今日、呼び出しがあるかもなんですね」

「そう。でもこの制度は一般の人に知られてないから、あまり利用されてないのよね。警察は制度を被疑者に伝える義務があるんだけど、弁護士から知恵つけられる前に取り調べしちゃいたいから、サラッとしか伝えないし、弁護士って聞くとお金がかかると素人は思い込んでつい結構ですって言っちゃう」

直は父親が逮捕された時のことを思い出す。当番弁護士制度なんて、身内には全く知らされていない。母が自力で弁護士を探し、誠意のカケラもない弁護士に行き当たり、お金だけが搾り取られる裁判だった。その時司法に感じた憤りがふつふつと再燃する。

「制度があっても機能してなくて、だから滅多に呼び出しはないの。まあでも、万が一ってこともあるし、あなたも来るしで、沢村の身だしなみをね、整えさせたのよ。いつもあまりにむさくるしい格好だから、まず髭《ひげ》を剃《そ》らせて、服を着替えさせたの」

桜子は立ち上がり、「行くわよ」と言った。

直はあわててノートをしまい、立ち上がる。

身だしなみと聞いて直は不安になった。らくだで大丈夫だろうか。廊下を歩きながら、さりげなく尋ねた。

「佐々木さん、服はどこで買うのですか?」

「ニューヨークでまとめ買い」

ニューヨーク！

桜子はここよと言ってドアをノックした。

野呂法男は業務に邁進《まいしん》中である。

案件に必要な資料を揃え、書類をデータ化して不要な紙類はシュレッダーにかける。企業や役所とのやりとりもテキパキとこなす。かつてないほど仕事がはかどり、上機嫌だ。野呂は弁護士資格を有していないが、一応法学部を卒業したし、司法試験に挑み続けた十数年間、法律の専門書を読み込んできた。百瀬法律事務所の秘書となってからの歳月も積み重なっている。それらすべてが養分となり、ついに花開いたのかもしれない。

頭が冴《さ》え、不思議と疲れも感じない。

自分を「デキる男」と思えるのは生まれて初めてだ。

試しに法律専門誌を手に取り、パラパラめくってみる。内容がスッと頭に入ってくる。見事だ。

法律関係の文章は堅苦しい上に独特の言い回しがあり、読み解くのにはじめは苦労する。読解力、分析力、記憶力も必要だ。野呂は司法浪人時代、読解にのたうち回った挙げ句、六法全書を枕に寝たことがある。

「活字よ、寝ている間に脳に移動してくれ」と、いちるの望みにすがったのだ。

この野呂式睡眠学習法を実践したのは司法浪人末期の三ヵ月で、おそらく精神に不具合が生じていたのではないかと、今では思う。もちろん活字は移動しないし、首の筋を痛めて接骨院に通う羽目になった。

現在は司法試験の受験回数に制限が設けられ、受験資格を得てから五年以内に五回までとなっている。身の程知らずな夢を見させないという点で正しい制度だと、野呂は思う。

十一回目の司法試験に落ちた日のことは今も覚えている。

痛めた首を庇《かば》いつつ恐る恐る見上げた空は、雲ひとつない快晴で、豆粒みたいな飛行機が一機、真《ま》っ直《す》ぐな白線を引きながら飛んでゆくのが見えた。

手を伸ばしても届かない空。そこに美しい白線を引けるのは、ああやって空を飛べる選ばれし人間なのだ。自分はあの飛行機にはなれない。一生無理。そう悟った瞬間である。

現在野呂は憧れの飛行機と共に働いている。

下から見上げているとは気づいていないのだろう、ボスは「野呂さん、野呂さん」と頼りにしてくれる。

手を止め、あたりを見回す。

ボスは依頼人のもとへ出向いており、事務員の七重はペンキを買いに行ったきり戻ってこない。著しく静かだ。

目に入るのは使い込んだデスク、見慣れたスチール棚、古い型のコピー機、ファクスや電話機、印刷機にシュレッダー。猫たちはそれぞれお気に入りの場所でくつろいでいる。

ここまでは百瀬法律事務所の見慣れた風景である。

今までと違うのは、和室で、畳の上だということだ。

野呂は今、靴を履かずに仕事をしており、真新しい畳の質感を薄い靴下一枚を通して足の裏に感じつつ、時々猫に踵《かかと》を齧《かじ》られたりしている。

窓からはおだやかな自然光が降り注いでいる。

室内は無垢《むく》の木の香りに満ちている。

以前のオフィスは車の走行音が間断なく聞こえる三階建てビルの一階にあった。ヒビの入った壁や天井、床は細かい傷だらけのビニル床タイルで、もちろん、靴を履いて仕事をしていた。

古くてかび臭いビルだし、窓を開ければ排ガスが入ってきたが、個人経営の法律事務所ではよくあることだし、十数匹の猫がいて、ドアが真っ黄色であることを除けば、ごく普通のオフィスらしいたたずまいであったと、今では思う。

ビルの改修工事にともない、移転を余儀なくされ、ボスが選んだのはなんと、幽霊屋敷《やしき》と悪名高い日本家屋。

なにせここは今もブラックハウスに載っている。全国の事故物件を晒《さら》し続ける悪趣味なサイトに堂々「心理的瑕疵《かし》あり」と載っている物件なのである。

まさかの幽霊屋敷で働くことになるなんて！

長年空き家だったため、専門業者による清掃と改築が必要だった。家の中は蜘蛛《くも》の巣まみれ、砂まみれで、草まで生え、あちこち傷んでいた。

築七十年。立派な柱や梁《はり》が頼もしい、しっかりとした造りの日本家屋で、一階には和室が三部屋もあり、襖《ふすま》をはずせば大広間になる。二階は仕切りがなくて、かつてはロフトのような使われ方をしていたらしい。

家の持ち主と相談しながらのリフォームで、二階は人が住めるように床半分を畳にした。現在拘置所にいて判決を待っている若者を近々受け入れる予定だ。歓迎会をしたいが、さりげなく迎えたほうがよいのか悩むところだ。やるにしても判決が出た後がベストだろう。

一階は事務所として使うので、二室をフローリングにすることで業者と話が進んでいたが、百瀬は頑《かたく》なに「できるだけもとの姿を再現したい」と言うのだ。

畳のオフィスなんてありえないと、野呂は反発した。

野呂は形にこだわる人間である。スキーを始めようとしたらまず良い道具を買い揃えるし、弁護士を目指していた頃はやたらと参考書を買い漁《あさ》った。結局、スキーは苦手なままだし、司法試験には受からなかったけれども。

法律事務所たるもの、畳では格好がつかない！　野呂は強くそう主張した。

七重はというと、「ガスコンロは三つはなくちゃ」とか、風呂、トイレなどの水回りに細々と口を出し、最後に「玄関の格子戸は黄色に塗らせていただきます」と啖呵《たんか》を切った。

七重が主張すれば従うしかないので、議論はもっぱら百瀬と野呂の「和室ｖｓ洋室」となった。ボスはいつになく頑固に「もとの姿を再現」にこだわった。

百瀬太郎は自己利益の男ではない。百瀬法律事務所はあくまでも仮住まいなので、ここをオフィス仕様にしてしまうと、次に住む人のために再びリフォームしなければならない。大家の負担を軽減するために改修は最少限に留めたいのかもしれない。

それともうひとつ、二階に住む予定の若者は、本人に記憶がないが、リフォーム前のこの屋敷で生まれた。彼のためにも、生家を温存したいと、ボスは考えたのだ。

ボスは飛行機で、野呂は見上げる立場である。身の程をわきまえ、主張を引っ込めた。

和室は和室のまま、畳と襖を張り替えて使うことになった。

紆余曲折《うよきょくせつ》を経て新しく生まれかわった元幽霊屋敷。

引っ越しは十数匹の猫が移動するので、ぎゃーぎゃーにゃーにゃーと大騒ぎであった。

新天地での初日、野呂は事務所に入ってまず木の香りに驚いた。

おそるおそる靴を脱いで仕事をして、さらに驚いた。仕事がはかどる。かつ、疲れを感じない。

無垢材の木の香りと、畳の天然い草の香り。日本人のＤＮＡに刷り込まれた香りと手触りが、心身に強く働きかけ、最高のパフォーマンスを引き出してくれるのだ。

仕事がはかどるのは経験が花開いたのだと思いたい反面、元の事務所に帰ったら、デキない男に戻ってしまうかもしれないと、恐怖を抱えている。

くどくど述べたが、つまり野呂はここがたいへん気に入っているのである。

猫たちも畳が好きなようだ。敷地も広くなり、二階もあるので、自然に棲《す》み分《わ》けができ、猫同士の喧嘩《けんか》が激減した。畳の癒《いや》し効果恐るべしである。

それにしても遅い。

ペンキを買いに行ったまま、七重は帰ってこない。

オフィスに七重がいないというのも、仕事がはかどる一因ではあるものの、さすがに遅すぎるので、心配になってきた。七重のスマホに電話をかけたらキッチンで鳴った。そういうこともあろうかと、ホームセンターまでの地図を紙に書いて渡しておいたが、そのメモは畳の上に落ちている。

財布だけを持って出かけてしまったようである。

迎えに行ってみようか。

野呂は靴を履き、格子戸を開けて外へ出てみて、驚いた。

七重は前庭でしゃがみ込み、小さなスコップで土を掘り返しているではないか。やれやれ。心配した分、皮肉を込めて尋ねた。

「ペンキを買いに行ったんじゃないんですか？」

七重は土をざくざくとほぐしながら、「買いに行きましたよ」と言う。

野呂は玄関を振り返る。格子戸はもとのまま、ペンキの缶も見当たらない。

「ペンキはどこですか？」

「買ったとは言ってませんよ」

七重は額の汗を手首で拭いながら、やっとこちらに目を向けた。

「ホームセンターで黄色いペンキを探していたら、花の種が安く売られていたんです」

「花？」

「三割引ですよ、特売日だったんです」

「花の種を買ったんですか？　ペンキ代で？」

「野呂さんの言う通りにしたんです」

「わたしの？」

「いつも言ってるじゃないですか、経費は大切に使えって。だから特売日に特売になっているものを買ったんです」

「花の種を経費で？　ペンキ、塗らないんですか？」

七重はうるさいなあ、という目をして言った。

「蒔《ま》く時期なんですよ。植物はペンキと違って生きものですからね。今じゃなきゃだめなんです」

野呂はため息をつき、仕事に戻ることにした。

格子戸の上に『百瀬法律事務所』の銀のプレートが貼り付いている。意外とおさまりがよい。うん、なかなかすばらしいではないか。

とにもかくにも百瀬法律事務所は新天地でスタートを切った。

今のところ幽霊にはお目にかかっていないし、幽霊を避けるために仕事を早く切り上げるようになったし、それが可能なほど自分はデキる男になったし、七重は相変わらずで、猫たちも相変わらずで、万事うまくいっている。

きっとボスも今、がんばっていることだろう。


陽が降り注ぐ南向きのリビングで、ロココ式のソファに百瀬は座っていた。

ただ座っているだけなのに、まだ話も聞いていないのに、くたびれている。

部屋に入ってまず目についたのは、背ほどもある真っ赤な格子屏風《びょうぶ》で、龍と鳳凰《ほうおう》の透かし彫りが施されており、おそらく中国の古いものだろう。

ソファは背もたれのアーチが優美で、スプリングは経年劣化のため少々硬く、カブリオールレッグ、つまり猫脚で、おそらくイタリアのアンティークに違いない。

目の前のローテーブルはあきらかに日本の、明治初期の上座敷で使用されていたものと思われ、その上にはロシア帝国の紋章「双頭の鷲《わし》」の刻印が入った宝石箱が置いてある。

そして床には、使い込まれたペルシャ絨毯《じゅうたん》だ。

これほど統一感のない部屋を見るのは初めてだ。

各調度品は「風」とか「調」ではなく、すべて本物らしく堂々としている。高級品というよりも、その時代に実際に邸宅やホテル、あるいは店などに置かれ、年を経て処分されたものを古物商あたりが引き取って再販した、そのようなたたずまいをしている。

家の外観はシンプルで、平成中期に建てられた典型的な建築様式だったため、中に入ってギャップに驚いた。異国の文化がひしめき合い、それぞれが主張してくるので、気が休まらない。

百瀬はこれに似た感じに心当たりがある。美術館だ。

小学生の時、学校の社会科見学で上野の美術館に連れて行かれ、過呼吸で倒れた過去がある。

いわゆる名画というものは、画家が心血を注ぎ込み、それを見た多くの人が感銘を受けたから現世に残っているわけで、作品が放つパワーは凄《すさ》まじいものだ。

名画の隣に名画、その隣にも名画という美術館の展示様式は、見るものの心を激しく揺さぶり続ける。

かの岡本太郎は「芸術は爆発だ！」と叫んだ。

百瀬太郎は「芸術は攻撃です」と叫びたい。

百瀬少年はバックヤードで寝かされ、意識を回復すると、担任教師に「朝ごはんを食べて来なきゃだめじゃないか」と叱られた。

親がいない子どもは誤解されがちだが、百瀬少年はその日朝ごはんをおかわりしていた。育った施設、青い鳥こども園は朝ごはんを重要視しており、「学校に遅刻してもいい、しっかり食べてゆけ」という教育方針だった。百瀬少年は園の名誉を回復したかったが、そばにいた学芸員が、「当館は法的基準にのっとった空調設備が整っており」云々《うんぬん》と、施設側に落ち度がないことを必死に主張し始めたので、黙っていた。

百瀬少年は、ひとつの絵をひとつの部屋でじっくりと眺めたかった。絵を通じて画家と対話をしたかった。何百年、何千年の時を超え、海を越え、作品を通して語り合いたかった。

名画を次々と並べまくり「立ち止まらないでください」などと言う美術館は無神経だと思ったが、もちろんそれも言えなかった。

百瀬にとって子ども時代は、自分の感性が多くの人と異なることを学んでゆく過程であり、周囲と折り合いをつけながら大人になった。

自分は少数派で、時にはひとり。今ではそれをすっかり自覚している。

さて、今いる部屋には調度品以外にも問題があった。やたらと暑いのである。エアコンが稼働しているにもかかわらず、五月にして八月のように蒸している。まるで熱帯だ。

依頼人が現れた。名前は左野麦子《ひだりのむぎこ》、ノースリーブの黒いワンピースを着て、グレイヘアには柔らかなウエーブがかかっている。

「お待たせしました」

麦子は珈琲《コーヒー》カップ（わりと普通）を和のテーブルに置き、ロシアの双頭の鷲の宝石箱の蓋を開けた。角砂糖が入っている。飾りものではなく、日用品なのだ。

珈琲から湯気が立ち上っている。百瀬はそれを見てすっかりのぼせてしまい、思わず上着を脱いだ。こめかみから汗がしたたり、あわててハンカチで拭う。

「暑いですよね。アイスコーヒーにすればよかったわ」

「冷めてからいただきます」

まず話を聞きたい。聞いて早くここを出たい。本題に入りたい！

「ワイシャツ、脱いでください」

のんびりと麦子は言う。

「汗でびっしょりじゃないですか。わたしは還暦過ぎています。男の人の下着姿に動じたりしません」

百瀬は「いいえ、まさかそんな」と言いつつも、夫婦手帳に「女性の前で下着姿になってはいけない」という文言がなかったと気づいた。

夫婦手帳というのは、ほぼ妻が夫婦の心得を書き連ねた赤い手帳で、ほぼ夫である百瀬はそれを肌身離さず持ち歩き、従っている。もうすっかり記憶しているのだが、ほぼ妻はたびたび「貸して」と言って改訂するので、万が一にも禁を犯さぬよう、身につけている。上着の内ポケットが定位置だ。禁忌事項に「女性の前で下着姿」はなかった。それは確かだ。

「では失礼して」

ワイシャツのボタンをすべてはずし、裾をズボンから引っ張り出す。風が通り、いくぶん楽になったが、ランニングシャツはぐっしょりと汗ばんでおり、「臭うのではないか」

と不安がよぎる。

昨夜は風呂に入っていない。なのに汗。まずいのではないか。

麦子はいったんリビングから消え、アイスコーヒーを持ってきてくれた。

「主人のですけど、良かったら」

黒地のTシャツを差し出された。

首元は伸びきっていて、布は柔らかく、サイズはやたらと大きく、胸に白いどくろのイラストがある。

ワイシャツとランニングシャツを脱ぎ、どくろTシャツを着てみた。どくろは別名しゃれこうべ、つまり、「晒された頭」ということで、死を象徴するものだし、そんなものが胸にあるなんて、デザイナーの意図が不明だが、サイズが大きいので通気性があり、かなり楽になった。どくろよありがとう。

さあ話を聞こうと思ったら、麦子はいない。百瀬が脱いだシャツも見当たらない。

彼女は戻ってくると、「洗い終えたら乾燥機にかけますね」と言う。

「洗濯してくださるんですか?」

「わたしがするんじゃありません、洗濯機がします。お気遣いなく。暑くてすみませんね、暖房を切るわけにいかないので」

「暖房?」

百瀬は激しく動揺した。てっきり効きの悪い冷房だと思っていたのだ。

「ええ、バナナにはこのくらいの温度が必要と聞いたので」

大きな植木鉢の存在は気になっていた。ぶ厚い葉がつややかで元気いっぱいだ。花も実もないが、たしかに言われてみればバナナの葉だ。

学生時代、「食費を浮かせるためにバナナを育てる」と豪語して、一ヵ月で挫折した友人がいた。バナナはすぐ大きくなるし、葉から大量の水分を蒸散させるので、アパートの部屋がカビだらけになり、大家に怒られたと言っていた。

なるほど、だからリビングが異常に蒸すのだ。

麦子が言うには、亡くなった夫は航海士で、行く先々でその土地の品を買ってきては、それにまつわる逸話を家族に語って聞かせたそうだ。

リビングのサイドボードに写真がある。がっしりとした体軀《たいく》の男性が微笑んでいる。背後には大海原、紺の上着にはダブルの金ボタンが光っている。

大型客船もしくはタンカーの船長だったのだろう。海のエリートだ。

「船乗りって何ヵ月も家族と離れていますでしょう？　うちにいる時はできるだけ家族と話をしたくて、話のネタを買い漁っていたんだと思います。主人はもともと無口でシャイなので、家族との会話を構築しようと彼なりに努力したんですわ」

なるほど家族の会話は努力すべき案件なのだと、百瀬は肝に銘じた。

「双子の女の子がおりまして、ふたりとも父親のことが大好きです。思春期にも嫌がることはなかったです。だって、いないんですからね。たまに帰ってくると、変わったお土産をくれるし、面白い話をたくさんしてくれるし、母親と違ってしつけとかあれこれ言わないし、優しい親戚のおじさんみたいなものですからねえ。ずるいんですの、主人は」

麦子は「主人」と発音する時、自然と微笑んでいる。素敵な関係だったのだろう。

バナナも渡航先から苗を購入してきたもので、検疫の手続きにとまどったと、土産話として聞かされたという。

「これが最後のお土産になってしまったんです」

麦子は寂しそうに微笑んだ。夫は渡航先で持病の心疾患が悪化し、異国の病院に緊急入院。家族はいそいで駆けつけたが間に合わなかったと言う。

「海の男なのに最後は飛行機です。連れて帰るのに空輸しか選べなくて、しかたなく。主人は飛行機が大の苦手でしたので、気の毒でしたわ」

麦子は目元ににじんだ涙をぬぐい、笑顔をこしらえた。

「バナナは生長が早くて、どんどん大きくなるので、次々鉢を大きくしなければならなくて、そのたびに娘ふたりが力を合わせて植え替えるんですの。やっかいでしょう？　いつか花が咲いて、ちっぽけでもいい、実がなったら、家族三人で食べましょうって、夢見ているんです。それが供養になると思います」

家族の絆《きずな》であるバナナの生育に必要な暑さだと思うと、百瀬は気にならなくなった。

「それで、お困りのこととというのは？」

「猫です。大きな猫。わたし、びっくりして、声を上げてしまいました。ベランダに干しておいた洗濯物を取り込もうと、二階に上がった時です。ベランダへ出るためにサッシを開けたら、するっと、何かが足元をすり抜けた気配がしたんです。その時は見えなかったんです。気のせいかしらと思って、洗濯物を取り込んで、部屋で畳んでいたら、近くにいたんです。こっちをじいっと見ているんです」

「それはびっくりしますね」

「きゃっと叫んでしまいました」

「お察しします。その猫、どうしました？」

「まず、警察に電話をしたんです。飼い猫が脱走してうちに迷い込んだのだとしたら、探している人がいるはずです。でも、そういう届出は受けていないと警察は言うのです。動物愛護センターに聞いてみたらと言われて、番号を教えてもらい、そちらへかけたら、やはり迷い猫の届はこの地域では出ていないんですって。お困りでしたら連れてくるようにと言われたんですけど、わたし、猫に触ったことがないものですから」

「わたしが保護しましょう。どこにいますか？」

「いいえ、今はいません」

「いない？」

「えっと、ごめんなさい。話が回りくどくてすみません。主人もこんな感じでしたの。夫婦でおしゃべりが下手なんです。どんどん回り道してはずれていくんですよ」

「下手ではありませんよ」

「ありがとうございます。先に結論を申しましょうね。訴えられそうなんです」

「え？」

「示談金を請求されました」

百瀬はアイスコーヒーを再び飲んだ。暑さには慣れた。カフェインの力も備わった。頭がクリアになった。

「それはたいへんですね。では話を少しだけ戻しましょう。猫が部屋に入ってきた、そして警察と動物愛護センターに電話した、そのあと、どうしました？」

「まず猫にお水をあげました。主人が使っていたお茶碗《ちゃわん》で。おいしそうに飲んでいました。わたしのことは怖くないみたいで、逃げたりしませんでした。わたしは触る勇気はなくて、そっと見守りながら、娘たちが帰るのを待って、ふたりに事情を話しました」

「娘さんたちはなんておっしゃいましたか」

「かわいいって、大喜びでした。夫のお土産を喜んでいた時みたいに、きゃーきゃー喜んでいました。娘たちはパソコンを使いこなすので、インターネットで迷い猫情報を検索して、飼い主を探そうとしたんです」

「情報は？」

「迷い猫情報はいっぱいあるのに、特徴が同じ猫はいませんでした。一匹もです」

「地域猫の可能性は？　昔でいう野良です。飼い主のいない猫の可能性は？」

麦子は首から下げているペンダントを外した。美しい模様が刻まれたシルバーのペンダントトップだ。それを左右に開くと、ロケットになっていて、写真があった。

青い目の猫だ。

小さな写真だが、特徴はつかめる。白を基調とした長毛種で、耳や鼻の周囲だけココア色をブラシでぼかしたようなポイント柄になっており、目の青さからしても、ヒマラヤンに違いない。ヒマラヤンの中でもかなり綺麗《きれい》な毛色なので血統書付きだろう。それならば地域猫とは考えにくいし、脱走したとしても、すぐに届が出されるはずだ。

「この子が現れたのは、主人が亡くなって、四十九日の法要を済ませた翌日だったんです」

麦子は微笑んだ。

「縁を感じましてね。一緒に暮らそうって三人で決めました。四つ足の動物を飼うのは初めてなので、獣医さんに来ていただいて、診ていただいたところ、すこぶる健康で、年齢は三歳くらい、女の子ですって。ご飯のあげ方やトイレなど細かくご指導いただきました。獣医さんのご好意で、迷い猫情報をインターネットに上げてくれたんです。動物病院にお任せすれば、個人情報が漏れませんしね。実を言うとわたしはね、口にはしませんでしたけど、情報を上げてほしくないなあと、ちょっとだけですけど、思ったんです。もうその頃にはすっかり愛情が芽生えて、飼い主が名乗り出てきたらヤダなあ、なあんて思っちゃいました。それでバチが当たったんですわ」

「バチだなんて。左野さんは警察や愛護センターに連絡したし、やるべきことをなさっています。猫にしたって、責任感や同情で引き取られるよりも、自分の家族にしたいと積極的に思ってもらったほうが、うれしいに決まっています」

「まあ、ありがとうございます」

麦子は心からうれしそうに微笑んだ。飾り気がなく、品があり、かわいらしさも備えた女性だ。彼女を残して先に逝った船長の心情を察し、百瀬は胸が苦しくなった。

「名前、わたしがつけたんですよ。サファイアプリンセス。主人が最後に乗った船の名前です。この子、目が青いでしょう？　ぴったりじゃないですか。娘たちも妹ができたみたいだと言って、かわいがっていました。わたしも一週間くらいで触れるようになったんです。サフィーはわたしの膝の上が好きでした。毛皮を着ているのに、蒸し暑いリビングも平気そうで」

「猫は沖縄にもいますしね」

とは言ってみたものの、この蒸し暑さはよくないと百瀬は思った。

「ところが一ヵ月経《た》って突然電話がかかってきたのです」

麦子は顔を曇らせた。

「うちの猫、返してくださいと。びっくりして、どちらさまですかと尋ねたら、ぷつっと切れて」

「番号は？」

「非通知なんです。すぐに動物病院に電話をかけたのですが、病院にはそういう電話はかかってきてないし、うちの電話番号も、どこにも漏らしていませんとおっしゃる。迷い猫情報も現在は公開していませんというのです」

「電話の声に聞き覚えは？」

麦子は顔を左右に振った。

「何かとっても変な声でした」

ボイスチェンジャーを使ったのかもしれないと百瀬は思った。

「翌日またかかってきて、やはり一方的に返してくれと言って切れるんです。次の日は猫泥棒とののしられました。娘たちに話したら、非通知の電話を撃退する手続きをしてくれました。すると電話はかかってこなくなりました」

「よかったですね」

「わたしの中ではもやもやが残りました。電話を撃退するなんて、乱暴ですよね。サフィーは綺麗な猫だし、本当の飼い主がいるはずで、その人のもとに返すべきじゃないかと思い始めたんです。すると、訪ねてきたんです」

「いきなり来たんですか？　ここに？　いつ？」

「一週間前です。インターホンのモニターを見ると、サングラスをかけた女性でした。猫を引き取りに来たとおっしゃるのです」

「声は？」

「電話の時と違って、ふつうの、綺麗な声でした」

「ドアを開けたんですか？」

「ええ」

「中に入れたんですか？」

「ドアを開けたら、サングラスの女性の後ろに女の子がいました。髪が長くて色白でかわいらしいワンピースを着ていました。お子さん連れですもの、追い返すわけにはいかないと思いました。その女性は足がお悪そうだったし、天気もあまりよくなくて、雨が降ってきそうだったし、中へどうぞと言ったら、サフィーが部屋の奥から走り出てきて、女の子に飛びついたんです」

女の子は慣れたように猫を抱き止めたという。

「そのお嬢さんの猫なんだと、もうそれは間違いない事実なんだと、納得しました」

ヒマラヤンは大人の猫だと四キロから六キロくらいはある。メインクーンほどではないが大きい猫である。女の子は小学校低学年に見えたと麦子は言う。大きな猫に飛びつかれてころびもせずに抱いていられるのは、一緒に暮らしていた証拠で、おそらく飼い主で間違いないと百瀬も納得した。

それきりサファイアプリンセスとは会えていないと麦子は話す。

真っ赤な格子屛風のむこうに、猫用のトイレがある。猫砂は綺麗に平《なら》されている。片付けてしまっていない。心残りがあるのだろう。

「彼女たち、そのまま猫を連れ帰ったんですか？」

「はい」

「家には上がらずに？」

「こちらがぼうっとしている間にいなくなってしまって。名前を聞いておくべきでしたのに、なんだか圧倒されてしまって」

「その女性の発言をすべて思い出せますか？」

「たしか最初、インターホン越しに、猫を引き取りにきました、そう言ったのは覚えているのですが。ドアを開けた時に……何かおっしゃったかしら？」

「足が悪いと、どうしてわかったんですか？」

「さあ、わたし、なんでそう思ったんでしょう？　とにかく、いきなりサフィーが飛び出したので、その前後のことはよく覚えてなくて。いやだわ、わたし、もうろくしてしまったのかしら」

「ショックを受けるとその前後の記憶が消えるのは、誰にでもあることです」

麦子は立ち上がり、インドネシア土産らしい籐《とう》製のサイドボードの扉を開き、一通の封書を取り出してローテーブルの上に置いた。

「翌日、これが郵便受けに」

宛名も住所もない白い封筒の中には、三つ折りの文書が一枚入っていた。

ケイコク文

タイホされたくなかったら五十万円用意しろ

大きめのゴシック体で印字されている。

麦子は「このことは娘たちには話してないんです」と言う。

「電話のときは動転して、つい娘たちを頼ってしまったんですが、ふたりは今年三十になります。仕事がハードだし、恋愛だってするでしょう。社会と関わりながら将来の生き方を決めてゆく大切な時期です。家の中のことでわずらわせたくありません。大黒柱を失った今、わたしが家を守らなくてはいけません。娘たちが安心して羽を休められる場所にしなければ。サフィーは動物病院を通じて飼い主が見つかって無事お渡ししたと伝えてあります。娘たちは急ねえと言ってましたけど、疑う様子はありません」

「娘さんたちは昼間はいないんですね。フルタイム勤務ですか?」

「ひとりは薬剤師、ひとりは中学教師。フルタイム以上に働いています。自分で選んだ道ですから、悪戦苦闘しながらもがんばっています。わたしは恥ずかしながら、外で働いたことがありません。ひたすらおかあさんをやっているだけでしたので、働く女性にあこがれていますし、娘たちを応援したいんです」

現金は用意したと言う。渡して終わりにしたいと言う。

「母親が猫の窃盗罪で逮捕されたら娘たちの将来に差し障ります。絶対、避けなくてはなりません」と思い詰めたように言う。

すぐに金を取りにくると思ったが、翌日もその翌日も現れない。不安が募り、サファイアプリンセスを診てくれた獣医に相談したところ、ペットトラブルに強い百瀬法律事務所を紹介されたという。

「裁判になったら、娘たちに迷惑をかけてしまう。穏便に示談で済ませたいのです」

百瀬は言った。

「窃盗罪にはあたりません」

「え」

「だって盗んでいませんから。左野さんに盗み出すことは不可能です。猫が住んでいた家もご存知ないのですから」

麦子は胸に手を当てたまま、食い入るような目で百瀬の話を聞いている。

「逮捕だなんてありえません。全くの言いがかりです。本気でお金を取ろうとしているなら詐欺ですが、金の受け渡しの指示がないので、いたずらかもしれません」

「いたずら?」

「窃盗罪には十年以下の懲役または五十万以下の罰金が科せられるので、五十万という数字はそれを根拠に提示したのでしょう。でも窃盗罪にはなりませんから、安心してください」

「窃盗罪ではない…………」

「たとえばですが、迷い猫を拾ったとしましょう。飼い主が探しているのを知りながら自分のものにしてしまった場合でも、窃盗罪にはなりません」

「窃盗罪にはならない…………」

「他人が占有しているものを盗まないと、窃盗にはならないのです。よその家に侵入して猫を持ち去る場合は窃盗です。よその庭で飼われている犬を連れ去るのも窃盗です。人の鞄《かばん》の中から財布を盗むのも窃盗。それとは違い、他人の占有を離れたもの、たとえば道で拾った財布や、迷い出た猫や犬ですね、これは遺失物扱いとなり、人のものと知りながら自分のものにしてしまうと遺失物横領罪。一年以下の懲役、十万円以下の罰金もしくは科料となります。窃盗罪より量刑ははるかに軽くなります」

安心させようと丁寧に説明したつもりが、麦子は青ざめた。

「懲役？」

「いいえ、左野さんはどちらの罪にもあたりません。猫が迷い込んだ時に、動物病院を通じて飼い主を探しましたから。警察と愛護センターに連絡もしています。四十九日の翌日ですから、日付もはっきりしているので、証拠集めをしやすい。念のためわたしのほうで、三者に確認し証拠保全をしておきます。早いほうがよいので、今日中にわたしがやっておきます。左野さんに非はないので罪にはなりません」

「わたし、無罪？」

「無罪です。むしろ相手の行為は脅迫罪にあたり、左野さんは告訴を提起することができます。この警告文は証拠となるので、なくさないでくださいね」

麦子は首を横に振った。

「あちらはお子さんがいらっしゃるし、ことを荒立てたくありません。警察沙汰には絶対したくないんです」

「わかりました。万が一お金を取りに来ても絶対渡さないでください。ドアを開けずに、百瀬法律事務所に一任したと伝えてください」

「はい」

「娘さんたちにも説明しておいたほうがよいのでは？　家族に嘘《うそ》をつき続けるのって難しくないですか？」

「わたし、嘘が得意なんです」

意外な言葉に百瀬は驚いた。

麦子はいたずらっ子のような目をして話す。

「主人が航海中に、いろんなことがありました。幼い娘が怪我《けが》をしたり、風邪をこじらせて入院したり、学校でいじめにあって不登校になったり。でも、主人には何ひとつ伝えませんでした。事後報告もしません。心配かけるだけですからね。家庭のことを心配しながら大海原を航海して座礁なんかしたら嫌ですもの。おそらく主人も航海中にいろいろあったと思います。でも何も言いませんでしたよ。たった一度も嵐にあったことがない、病気にもなったことがない、乗員間のトラブルもない、乗客はみな常識人、まるきり呑気《のんき》な旅だったと、家族には話すんです。そんなはずないとわかっていても、家族もうんうんって、にこにこ聞いていていました」

「そうなんですか」

「家族を愛すれば愛するほど、嘘がうまくなるなあって、わたしは思うんです」

百瀬は亜子に嘘をついたことはない。炊飯釜とアイロンを隠し持っているだけだ。それだって、「あれは捨てた？」と聞かれたら「倉庫にあります」と白状するつもりだ。

嘘はつけない。つけそうにない。

愛が足りないのだろうかと、不安になった。

百瀬は急いでいた。

まずは動物病院、それから警察と動物愛護センターへ行き、各所で証拠保全。

今日中に拘置所へも行きたい。

弁護を担当しているペットホテルたてこもり事件の被告人鈴《すず》木《き》晴《はる》人《と》。文字通り、ペットホテルにたてこもった青年だ。動物を傷つける意図はなく、実際に傷つけもせず、それどころか給餌をしていた、身寄りのない三十歳。左野家の双子と同《おな》い歳《どし》だが、育った環境は全く違う。彼は金も身寄りも家もなく、寒かった。そして犯罪者になった。

裁判は最終弁論を終え、判決を待つだけとなった。被告人は初めから罪を認めており、逃亡の恐れもないため、拘束の必要がないと認められた。やっとだ。

検察官の判断は遅すぎると百瀬は思う。一度つかまえたら手の内に置きたい。その思いが彼らの判断を遅らせる。鈴木晴人には資産がなく、身内もいない。そこへ無理な保釈金額を提示して保釈を諦めさせようとする。保釈支援制度があって、申請すれば立て替えてもらえるが、手数料が馬鹿にならない。保釈金は返ってくるが手数料は戻らないので、制度を使うかどうかは悩ましいところだ。幸い、鈴木晴人の保釈金は身元引き受け人が支払うことになっている。事務所の大家で、晴人とはペンフレンドの千住澄世《せんじゅすみよ》だ。彼女が本人よりも保釈を望んでいるのだ。「早くあの部屋に住んでほしい」と。

事務所の二階の部屋はリフォームを終え、いつでも使える状況だ。晴人に部屋の画像を見せたい。保釈金の手続きを進め、一日でも早く迎え入れたい。

急ぎ足で歩きながら、サファイアプリンセスについて考える。

美しいヒマラヤン、三歳。ベランダから侵入。このような事例は聞いたことがない。サングラスの母と娘が飼い主だというのが真実だとして、誰かが彼女たちの家からヒマラヤンを盗み出し、左野家のベランダへ放したということか？　そしてその罪を左野家に着せたのか？

脅しの電話は？　警告文を投函《とうかん》したのは誰だ？

サングラスの女性か？

ならばなぜその場で金を要求せず、あとから警告文を投函する？

示談金を要求する手口は、特殊詐欺に似ている。「このままでは警察沙汰になる。だから金を払え」と脅す。この手口は使い古され、今はもっと巧妙になっているが、共通するのは、「今すぐ金を払わないとたいへんなことになる」と思い込ませること。目的はひとつ、「金を奪う」だ。

しかしサファイアプリンセスの件は、そこに犯人の熱量を感じない。

「払え！」と脅して、相手は払う気になっている。せっかくの好機に受け渡しの指示もせず、アクションも起こさない。冷静になる隙を与えずに目的を遂げるのが詐欺の基本なのに、今のところ「怖がらせる」以外は何もせずだ。考える時間を与えてしまい、弁護士という味方を被害者は手に入れた。

今この時点では「嫌がらせ」に過ぎない。警察に被害届を出しても受理されない。

そもそもただの「嫌がらせ」だろうか？

特殊詐欺事件は銀行や警察が一丸となって注意喚起しているため、未然に防げるようになり、今は強盗という乱暴な手段に移行しつつある。ひょっとすると、特殊詐欺の手口を使い、押し入る家を物色しているのかもしれない。

一匹の猫を放り込んだ時の家族の反応、脅しの電話に対する反応、いきなり押しかけてドアが開くかどうか、在宅者はひとりかどうか。

サングラスの母と娘を利用して下見をさせた可能性は？

肌寒さを感じ、上着を着ようとして気づいた。

どくろTシャツを着たままだ。

洗濯物を置いてきてしまった！

上着は手で持っているので夫婦手帳は無事だが、せっかくシャツを洗濯してもらっておきながら、置いてくるなんて。

きびすを返して、左野家を目指して走る。急がなければ。

ついでに、強盗に入られないよう監視カメラや防犯ブザーの設置を助言しなければ。

タクシーが通りかかり、手を上げて止めた。乗り込んですぐに左野家の住所を言うと、運転手はふてくされたように「すぐそこじゃないですか」と言う。初乗り料金のみの客はありがたくないようだ。

「そのあといくつか回っていただきたいところがあるので」

「承知しました」

運転手は途端に気をよくして、発車した。

左野家が見えてきた。停《と》めてもらい、「ここで待っていてください」と言ってタクシーを降りると、視線を感じた。

塀の上に少女。座ってこちらを見ている。鋭いまなざしで、射るように百瀬を見る。髪が長い。肌の色は白い。ピンクのひらひらしたワンピースを着ている。

声を掛けようとしたら、少女は飛び降り、走り出した。

「待って！」

百瀬は追いかけた。少女はなぜか裸足だ。

足が傷ついてしまう。引き留めなければ。そして事情を聞かねばならない。なぜ塀の上にいた？

百瀬は俊足ではないが、大人の足に子どもは勝てない。住宅街の袋小路《ふくろこうじ》に追い詰められた少女はこちらを睨んだ。まるで狼《おおかみ》みたいな目をして、うなるような声でつぶやく。

「助けて」

低くて小さな声だがはっきりとそう聞こえた。

「わかった、助ける」と百瀬は言った。

「怖がらないで。すぐそこに車を停めてあるんだ。おうちはどこ？　車で送ってあげるよ」

少女は百瀬を睨んだまま唇を噛《か》み締《し》めている。足指に砂利が付いて、血が滲《にじ》んでいる。痛々しい。

「おんぶしようか？」

少女は驚いたような目をした。

百瀬は少女に背を向けてしゃがんだ。

青い鳥こども園で毎日のように幼い子を背負《せお》っていた。だから自然に体が動いた。しかし、少女が近づいてくる気配は感じられない。まるきり子どもに見えるが、今の子はませている。知らない男の背中など気持ち悪いのかもしれない。やはりタクシーをここに移動するべきだと思い、立ちあがろうとした瞬間、背中にふわりと体温を感じた。

信じてくれたようだ。

少女を背負って立ち上がる。思ったよりもずいぶんと軽い。

彼女は背負われることに慣れていないらしく、腕を前に回さず、百瀬の肩をきつく握りしめている。伸びた爪が肩に食い込む。綺麗な服を着ているのに、爪が伸びているのが気になった。家に送り届けたら、成育環境を確認してみよう。

歩きながら考えた。

塀の上で何をしていたのだろう?

左野家を覗いていたのだろうか。

待たせているタクシーが遠くに見えてきた。その手前から警察官がふたり走ってくるのが見える。

ちょうどいい。警察官に事情を話して少女を託そうと百瀬は思った。

少女が深く息を吸う気配を感じたので、百瀬は顔を横に傾け、「大丈夫?」と話しかけた。瞬間、爆竹が破裂したような衝撃が耳に走る。

「助けて!」

少女の叫び声が右耳の鼓膜を直撃し、あまりの痛みに思わず左を向く。

「助けて！」

今度は左耳に衝撃が走る。

少女は足をバタバタさせて、百瀬の背中から飛び降りた。

百瀬は両耳を手で押さえた。キーンという凄まじい耳鳴りと痛み。立っていられずしゃがみ込む。

しばらくすると、痛みはいくぶん薄らいできた。耳鳴りは続いているが、なんとか立ち上がる。少女のことが心配だ。

若い警察官が百瀬の目の前に立ちはだかっている。

少女はどこだ？

少し離れた場所で、ふくよかな女性警察官と手をつないでいる。よかった。

目の前にいる警察官が百瀬に向かって何かしゃべった。

聞こえない。

鼓膜に強い圧迫感が残り、まるで水の中にいるように音がこもる。

音響外傷だろうと推測した。

大きな音は、内耳の蝸牛《かぎゅう》に存在する有毛細胞《ゆうもう》にダメージを与え、聴力を低下させる。極めて大きな音の場合、一瞬にして有毛細胞を破壊し、失聴に至らせる場合もある。

聞こえない。しゃべっている警察官が気の毒に思えるほどだ。

有毛細胞がばったりと倒れ込み、白目を剝《む》いている図が頭に浮かぶ。

完全失聴したかもしれない。

聴力が戻らなければ、弁護活動の際、音声文字起こしアプリが必要だ。アプリで依頼人の微妙な心の機微に気づけるかどうか不安はあるものの、弁護活動はなんとか続けられるだろうと、考えた。

警察官がこちらを見据えて口をぱくぱくさせている。今すぐアプリの助けが必要だと思い、スマホを探したが、ない。

そうだ、上着も鞄もタクシーに置いてきてしまったのだ。

警察官は神妙な目をして百瀬の手を取った。

心配してくれているのだと思い、明るい声で「脈拍は正常です。問題は耳なので」と言ったら、カチャリと金属音がした。

音が聞こえた。たしかに聞こえた。聴力が戻った？

いつのまにか耳鳴りは遠のいており、鼓膜の圧迫感もだいぶ薄らいでいる。有毛細胞が持ち直したようだ。

失聴は免れた。ほっとすると同時に、手首の輪っかに気づく。

手錠だ。まごうかたなき手錠だ。

手錠をはめられる未来は想定していなかった。

警察官は言った。

「未成年者略取の疑いで現行犯逮捕する」

今度ははっきりと聞こえた。

これからも依頼人の声を聞くことができる。

世の中全てに感謝したくなり、つい「ありがとうございます」と言ったら、警察官はきつい目をして「ふざけるな」とつぶやいた。

少女はというと、しかめっ面をして百瀬の胸元を見つめている。

そうだ、どくろTシャツを着たままだった。

怖がらせてしまってごめんねと、百瀬は心の中で謝った。

第二章　スキャンダル

正水直は息苦しくなってきた。

ようやく会えた沢村弁護士。現在彼の執務室にいるのだが、目の前の沢村透明は椅子に座ったまま、目を伏せてただぷかぷか煙草《たばこ》を吸っている。煙で部屋じゅう霞《かすみ》がかかっている。挨拶は終えたのに会話が続かない。

用があって来たのはこちらなのだから、積極的に質問しなければと思いつつ、直はうまく切り出せずにいる。振り返ってみると、東京に来てからずっと、周囲の大人たちから心配され、声をかけられ、それに答えていれば、いつのまにか居場所ができた。百瀬たちにすっかり甘えていたのだと気付く。

今は……息苦しい。酸素が足りず、頭が回らない。

おそらくN95のせいだ。

事前に百瀬から「副流煙に注意して」と言われ、野呂が持たせてくれたN95マスク。野呂が言うには、「結核病棟で使われているハイパワーなマスク」だそうで、ひじょうに息苦しい。

心配してくれるのはありがたいが、実を言うと、直は煙草の臭いが嫌いではない。むしろほっとする、懐かしい香りだ。

子どもの頃、父親が家の中で煙草をくわえたまま家事をしていたため、記憶に臭いがしみついている。学校から帰ると、この臭いが迎えてくれたので、「おふくろの味」ならぬ、「おやじの臭い」なのである。世間で忌み嫌われる「おやじ臭」と違って、父性のあたたかさという意味での「おやじ臭」なのだ。たっぷり副流煙を吸って育ったため、今さらマスクをしたって後の祭りだと直は思う。

マスクをはずして深呼吸をしてみた。

「なぜはずす?」

やっと沢村がしゃべった。こちらを睨んでいる。

「マスクが息苦しいからです」

沢村は「ちっ」と舌打ちをして、煙草を灰皿に押し付けて消すと、窓を開けた。舌打ちは嫌がらせではなく、人といることに慣れていないので、つい出てしまうのだろう。

霞が消え始め、みるみる視界がクリアになってゆく。

部屋に入った時は、白い霞の向こうに背の高い男が立っていたので、まるで洋画のワンシーンのようだと感じた。沢村はすらりとした体にダークブラウンのスーツを身につけており、顔は西洋人のように小さく整っている。

七重が言うには「『エデンの東』のジェームズ・ディーンのような男前」だそうだが、直は『エデンの東』なんて知らないし、同世代の女子たちのように、アイドルに憧れる精神性もない。しかし一般論として、沢村の顔は美しいと思う。浪人中に家庭教師をしてくれた片山碧人《かたやまあおと》も綺麗な顔だったが、あちらは少年ぽさが抜けていなかった。沢村はもっと大人の完成された美しさがある。直自身はときめかないが、面食いの友人に見せて反応を楽しみたいような気持ちがちょこっと生まれた。自分の顔じゃないのに自慢したくなるような、見目良き顔なのだ。

「吸ってもらって構いません。わたしは煙草を気にしませんので」と言ってみた。

「うん」と、沢村は言った。どういう意味の「うん」なのか不明だ。

見た目は立派な大人なのに、話し方はどことなく幼いし、言葉が足りない。こちらからどんどん話していかないとらちがあかない。

「わたし、弁護士になりたいんです」と言ってみる。

沢村はまた目を伏せてしまった。電池が切れたロボットのようだ。気にするものか、話せるだけ話してみよう。

「百瀬先生みたいに人を救える人になりたいんです。けど、大学に二回も落ちちゃったんです。困っていると、予備試験を受けてみたらと言われたんです。沢村先生は予備試験の経験者だから、どんな試験かお聞きするようにと」

沢村は目を伏せたままだ。まつ毛が長い。

「自立したいんです、あまり時間が」と言うと、沢村は突然「短答式」と口走った。そして目を伏せたまま速い口調でしゃべり始めた。

「○×問題と、論文式、口述式の三つのテストがある」

直はあわててノートを開き、メモを取り始める。

「短答式は憲法、行政法、民法、商法、民事訴訟法、刑法、刑事訴訟法」

「ちょっと待ってください。憲法、行政法、民法、商法、民事訴訟法と、えーっと」

「刑法、刑事訴訟法」

「なるほど、七科目もあるんですね」

「プラス一般教養」

「うわ、たいへんだっ」

沢村は目を開けた。が、こちらを見ない。なぜかしらドアを見ている。そしてドアに話しかけるように言った。

「難しくはない」

「簡単なんですか？」

「司法試験よりは難しい」

「はい？」

直は混乱した。司法試験は医師国家試験よりも難易度が高いと言われている。国家試験の中で最難関と言われている。それよりも予備試験が難しい？　いや、難しくはないと、言ったばかりではないか。

予備試験　簡単だよと君はいう　司法試験より　難しいとは

大学の受験勉強で苦手だった古文を攻略するために百人一首を覚えた。家庭教師が「覚えたら役に立つ」と言ったからだ。頭脳が優れている人は簡単に「これとこれ覚えて」と言うが、直のように不器用な脳だと、覚えるのに苦労するし時間がかかる。そのかわり、苦労したものは頭から離れない。今も時々思考に七五調が現れる。

今思えば片山碧人はよい家庭教師だった。つっけんどんで気分にムラがあったけど、何をどう勉強すれば合格できると教えてくれて、偏差値がぐんと上がった。落ちたけど。

沢村はドアを見つめて話を続ける。

「予備試験の短答式は七科目プラス一般教養、司法試験は三科目。予備試験の短答式は合格率二〇%、司法試験は七〇%」

直はますます混乱した。大学と法科大学院で六年間みっちり勉強して司法試験を受けるつもりだったが、その司法試験よりも予備試験のほうが難しいとなると、無理無理。来年の予備試験の願書受付まで一年もない。無理無理。大学受験をやめて予備試験という選択は、ありえない、ということになる。

そうなると、沢村に学ぶことはない。しかし百瀬は沢村に会えと言った。無駄なことをさせるだろうか？　何か意味があるのだろう。

「予備試験は大学受験よりも難しいんですね」

「大学は受けたことないからわからない」

「じゃあ、沢村先生はどうやって予備試験の勉強をしたんですか？」

「予備試験の勉強はしてない」

「え？」

「入ってた」

「え？」

「ここ」と言って、沢村はこめかみを指差した。

「どうやって知識を得たんですか」

「本を読んだ」

「本を？　どのくらい？」

「三百六十五日朝から晩まで読んだ」

「どんな本ですか？」

「どんな本も」

ドアを見つめていた沢村は、面倒臭そうな顔で直をちらりと見た。

「フィクションもノンフィクションも。法律関連は十代前半にかなり読み込んだ。憲法、行政法、民法、商法、民事訴訟法、刑法、刑事訴訟法、学術書だけじゃなくて、事件記録、訴訟記録、法哲学の歴史」

「図書館で探します。書名を全部教えてもらえますか」

直は前のめりになってペンを握りしめる。彼が読んだ本をまずは片っ端から読んでみよう。

沢村は突然「限界」と言って窓際へ行き、煙草を吸い始めた。

直はノートを開いたまま言葉を待つ。すると沢村は何かを放ってきた。

あわてて受け取ると、鍵だ。

「出て行って」

沢村は目を逸らした。

「苦手。教えるの。うちの蔵書を読め。ぼくが帰るのは八時。それまでに消えて」

沢村は住所を諳《そら》んじた。直はあわててメモをとる。

「鍵、使ったあとどうしたら……」

「やる。予備はある。一日じゃ読み切れない。ぼくの留守に部屋を使え」

「あの」

「いる時はダメ。留守の時だけだからな」

沢村は煙草をくわえたままパソコンに向かい、仕事を始めた。

直は心底驚いた。

佐々木桜子が言う通り、かなりの変わり者である。自宅の鍵をいきなりくれるなんて、どうかしている。ふるさとの友だちに「男性から自宅の鍵をもらった」と言ったら、「きゃー、愛人？」と騒ぎになるだろう。

直は鍵をポケットに入れ、ノートをリュックにしまって立ち上がる。

ここに自分がいると沢村は苦痛なのだ。それだけははっきりとわかった。ドアを見ていたのは、あそこから出て行ってほしいという意思の表れだったのだ。

直は不思議と傷ついてはいない。

沢村からは圧力のようなものを感じない。ほとんどのおとなが持っている圧力を感じない。子どもといるような感じだ。

ふるさとでは、近所で子どもが毎日遊んでいた。道でも空き地でも店でも子どもはうろうろしていて、だから、口をきくことも普通にあった。子どもっていうのは自然に近いから、みな、個性的で、でこぼこしている。それが学校へ行くようになると、だんだんとんがった部分が削れてきて、つるんとしてくる。

沢村は中学もまともに通っていないと聞いている。自然のまま、子どものままなのかもしれない。栗《くり》のイガのように、とんがっている。

とにかく彼の指示通り、まずは部屋へ行ってみようと、直は考えた。他人の家に他人の鍵で入るなんて初めてのことで、ちょっぴりわくわくした。

「失礼します」と言って、ドアを開けたら、沢村の声がぼそりと聞こえた。

「杉山《すぎやま》は気にするな」

「はい？」

「口は悪いけど、危険な奴じゃない」

「え？」

沢村はこちらに背を向けたまま、既に仕事に入り込んでいる。

杉山って？　同居人がいるってこと？

凄まじい勢いでキーボードを叩《たた》く沢村の後ろ姿を見て、直は質問するのをあきらめて部屋を出た。

秘書の佐々木桜子はデスクで小型テレビを熱心に睨んでいる。

「あのー、今から沢村先生のご自宅に伺うのですが」

「ちょっと待って。今、ニュース速報が入った」

桜子が見つめる小さな画面には住宅街が映し出され、『緊急！　独占スクープ！』のテロップが躍り、マイクを持った女性レポーターが、まるで惑星が地球に衝突する寸前かのような深刻さでしゃべっている。

「少女を連れ去ろうとした男は現行犯逮捕されました」

桜子はテレビを注視しながらささやく。

「二見の法律相談が中断しちゃったのよ。速報のせいで。このあと別件が入ってるから、大きくずれこんだら、スケジュールを組み直さなくちゃ。五分で速報が終わるといいんだけど」

画面ではレポーターが停車中のタクシーに近づいてゆく。

「事件の直前、こちらのタクシーを容疑者が使ったと思われます。運転手の方にお話を伺いましょう」

レポーターは運転席の窓越しにマイクを向けた。

「変だと思ったんですよ」

運転手は深刻そうに、かつ得意げに話す。

「乗った途端、すぐそこで降りるって言うし、降りた途端、女の子を追いかけていったのよ。あれは狙っていたんだと思う。ピンときたよ、あいつはロリコンだ。髪がくねくねしていて、妙なTシャツ着ててさあ、胸に骸骨だよ」

「どくろのTシャツですか？」

「そう、頭蓋骨、気持ち悪いよね。このあたりは不審者がよく出るらしいよ。声掛け事案が多発してるんだって。ちょうどおまわりさんが見回りしていたんで、俺が通報したのよ。不審な男が女の子を追いかけて行ったと。すぐに逮捕されて、ほっとしたよ。後部座席に犯人の遺留品があったから、おまわりさんに渡したよ。捜査協力ってやつだ」

「遺留品について教えていただけますか」

「上着と鞄。上着には小さなバッジが付いていてたな」

「どのようなバッジですか」

「小さい、社章みたいなやつ」

「ありがとうございました」

レポーターはまだしゃべりたそうな運転手からマイクを離し、カメラ目線でしゃべる。

「独自に警察から入手した情報によりますと、容疑者の上着には弁護士バッジらしきものが付いており、本人のものか調査中です。未成年者略取および誘拐未遂については黙秘している模様です」

固定電話が鳴り、桜子が受話器をとった。

「沢村？　ええ、おります。当番弁護士の出動ですか？　大丈夫です。罪状は？　未成年者略取および誘拐未遂」

桜子はテレビを見た。すでにニュース速報は終わって、二見弁護士のテレフォン法律相談がリスタートした。ずれ込んだのは三分。スケジュール調整は要らないので、桜子はテレビを消し、電話に集中した。

「なるほど被疑者は事件については黙秘しているんですね。職業は弁護士で間違いない、と。本人が名乗り、弁護士バッジの登録番号と一致した。わかりました。で、名前は？　もも？　え？　もう一度お願いします」

桜子は直を見つめた。

「ももせ、たろう」

復唱して電話を切ると、桜子は沢村を呼びに走って行った。

「嘘…………」

直は天井を見る。

これは百瀬がしばしばやっているおまじないで、「万事休すのときは上を見なさい。すると脳がうしろにかたよって、頭蓋骨と前頭葉の間にすきまができる。そのすきまから新しいアイデアが浮かぶのよ」という百瀬の母の教えだ。

百瀬が少女誘拐？　ありえない！

惑星衝突のほうがありえる展開だ。

たいへんなことになった。それは確かだ。逮捕がいかにやっかいで、辛《つら》いものか、父を通して嫌と言うほど知っている。社会は前科うんぬん以前に、「逮捕歴があるかどうか」で見る目を変える。疑われるだけで社会から孤立し、家族は崩壊するのだ。

直は心のどこかで妙に落ち着いていた。百瀬への信頼はゆるぎないものだからだ。そこが父の時と違う。

バタバタと足音がした。沢村が執務室から飛び出してきて、あっという間に外へ出て行ってしまった。桜子が鞄を抱えて「忘れ物！」と叫んだので、直はそれを受け取り、「わたしがついて行きます！」と叫んで沢村のあとを追った。

直は沢村を追ってエレベーターに駆け込んだ。もはや非エリートセンサーなんてちらとも頭に浮かばない。

エレベーターはふたりを乗せて下へと降りてゆく。

沢村は頬を紅潮させ、まばたきをしながら、荒い息をしている。その隣で直は鞄を胸に抱き、仁王立ちしている。

百瀬が窮地に陥っている。今こそ恩返しをしなければ。

言葉を交わさずともふたりは同じ思いでいた。


沢村は百瀬を待った。

当番弁護士として数回訪れたことのある警察署の面会室。

逮捕された直後の人間は憔悴《しょうすい》していたり、憤っていたりして、まともに話ができない。あなたはあくまでも被疑者であって、起訴されるまでは被告人ではないと説明し、言いぶんを引き出そうとするのだが、コミュニケーション能力に欠けている沢村は、うまくいったためしがない。

ひとりでパソコンに向かってやる仕事なら何時間だって没頭できるが、人と対峙《たいじ》するのは三十分が限界だ。自分を当番弁護士に引き当ててしまった被疑者に沢村は深く同情する。早く終わりたがっている沢村の心情が伝わるのだろう、みなあきらめたようにうつむき、ため息をつく。そして沢村は自己嫌悪に陥る。それが面会室でのパターンだ。

今日は心境が異なる。

被疑者は同業者の百瀬太郎。

沢村にとって恩人だ。

ひきこもって二見のゴーストをしていた頃、犯罪に手を染めそうになった沢村の前に立ちはだかり、部屋の中から引っ張り出してくれた。

正直なところ、会えるだけでうれしい。

誘拐犯だろうが少女趣味だろうがかまわない。沢村は百瀬の能力に敬服している。

幼い頃から頭脳明晰《めいせき》だった沢村の目に、世の中は「ばかばっかり」に見えた。「話が通じないレベルのやつら」が地道に生きるならまだしも、ばかだから不条理に鈍感だし、鈍感だから残酷なことも平気でできて、だからこそするっと偉くなれて、社会を掌握しているから始末に悪い。三権分立なんて小学生の教科書にしか存在しない。権力は癒着しまくって境目がなくなり、もはやひとかたまりの日本株式会社なのだ。

法曹界は世間からはエリート集団と思われているがそうでもない。上に行く人間に必要なのは「野心」と「要領」で、その下世話さには反吐《へど》が出る。

そんな法曹界にあって、沢村と同レベル（話が通じる）の頭脳の持ち主である百瀬が、「ばかたちに混じり」、「ばかたちを愛し」、「ばかたちのために身を粉にして働く」、そしてくさるどころか機嫌良く生きているのだから、それはもう尊敬しかない。

野球少年がメジャーリーガーに憧れるように、沢村は百瀬を尊敬しているし、その思いたるや、信仰心に近い。

百瀬は優秀だから釈放までの道筋は見えているだろうし、弁護士は不要なはずだが、当番弁護士を要求したのだから、何か困っているのは確かだ。

たしかにシロの証明は難しいし、警察は逮捕したからには誤認を認めたくないからねばるだろう。この国では罪を認めた方が楽になるという妙な道筋が作り上げられてしまって、裁判になれば有罪率が九九・九%という、「なんのための法廷だ」と笑いたくなる数字を叩き出している。この国では司法ですら「事前の根回し」が決め手となるのだ。

下手すると起訴されてしまいそうな、まずい事実があるのだろうか。別の案件で政府に睨まれたのだろうか。さすがの百瀬もシロの証明は難しいのだろうか。

弁護士との接見は警察職員の立ち会いナシで時間制限もないので、本日はとことん聞き出す覚悟だ。

ぎりぎりまで煙草を吸ってきた。ニコチンによるドーパミンで、やる気も脳も絶好調だ！

カチッと音がして、アクリル板の向こうのドアが開いた。

百瀬がひょっこりと現れた。まるで自分の家のドアを開けるように自然なそぶりで。あいかわらず髪は乱れており、トレードマークの黒ぶち丸めがねは健在。どくろのTシャツだけが異質だ。

「沢村さん、お久しぶりです、お元気そうですね」

百瀬は座るなり微笑んだ。当たりが柔らかい。

「引き受けてくれたのが沢村さんと聞いて嬉《うれ》しかったです」

偶然道で会ったかのような百瀬のふるまいに、沢村はとまどい、言葉が出ない。

「正水さんに会ってもらえた？」

「う…………」

「沢村さん？」

「え、ええ、あの子、今、下の、えーっと」

しどろもどろになってしまい、どちらが被疑者かわからない。

「下にいるの？」

「はい、ロビーに」

「そう」

「勝手にあとを追いかけて来たんです。弁護士以外接見できないと知ったら悔しがって」

地団駄を踏んでいた、という言葉は飲み込んだ。

沢村は今まで「地団駄を踏む」は比喩表現だと思っていた。実際にそうする人を見るのは初めてだったし、ロビーにいた人々はみな彼女に注目していた。

正水直がどしんどしんと床を踏み鳴らしながら、真っ赤な顔をして、「畜生」とつぶやくのを沢村はしっかりと聞いてしまった。

百瀬はそんなこんなを知らずに淡々と話す。

「忙しいのに申し訳ないけど、頼みたいことがたくさんあるんだ」

まず左野家のヒマラヤン脅迫事件について説明し始めた。

端的に経緯を語ったあと、「警告文はいたずらだと思うんだけど、念のため動物病院と警察と愛護センターで証拠保全をしてほしいんです。できれば今日中に。この面会が終わったらまず警察で証拠保全をしてください」と言う。

沢村はとまどい、返事ができずにいると、百瀬はさらに続けた。

「取り調べの警察官に頼んでみたんだけど、被疑者が何を言ってるんだとはねつけられました。やはりここは当番弁護士を頼まないとと思ったんです。勾留が決まるまでは弁護士以外と面会ができないので、秘書の野呂さんにも連絡できないし」

沢村はすっかり驚いていた。

未成年者略取および誘拐未遂についての相談ではないのだろうか。

「あの、百瀬先生、それだけですか?」

「いや、それだけじゃないんだよ」

百瀬は「ごめんね、次々」と言いながら、「うちの事務所の野呂さんに伝えて欲しいことがある。今日中に拘置所へ行って、鈴木晴人くんと面会してきて欲しいんだ」と言う。

「鈴木晴人って、ペットホテルたてこもり事件の被告人ですよね」

「えっ、知ってるの?」

「百瀬先生が関わった裁判はすべてぼく注視していますので」

沢村は昔から百瀬に注目していた。世田谷《せたがや》猫屋敷事件からずっとだ。百瀬が関わる裁判を見ていると、法の基本の精神に気づかされたり、法のあらたな可能性を信じることができて、刺激を受けるのだ。

「なら話が早い。鈴木くんは保釈が認められたんだ。保釈金のこととかは野呂さんがわかってる。手続きをして一日でも早く引き取りたいんだ」

「引き取るって?」

「うちの事務所の二階に部屋を用意してあるんだ。気に入ってくれるといいんだけどな。あと、まだいいかな?」

「何でも言ってください。何でもやります」

「ありがとう。実はこのTシャツ、借り物なんだ」

「え?」

「左野さんの家にワイシャツとランニングシャツを置いてきちゃったんだ。このTシャツを返却したいんだ。ご主人の形見だからね。大切なものだと思う」

「それ、スカル・アンド・ボーンズのエンブレムですよね」と沢村は言った。

「え? アメリカのイェール大学の秘密結社?」

「はい。どくろの下に小さく322って数字があるじゃないですか」

百瀬はTシャツを引っ張って見ながら「ほんとだ」とつぶやく。

沢村は続ける。

「十九世紀にアメリカのエリート層が社会的成功を目指して協力を誓い合った、不気味な結社ですよ。大統領やCIA長官を次々輩出しましたよね。戦争好きな大統領で、ろくなことをしなかった。もしもそのTシャツ、メンバーが作った本物だとしたら、かなりの値がつく品ですよ」

「布は当時のものとは思えないなあ。古着だけど、それほど劣化は進んでいなくて、状態は良いね。結社は今も水面下で活動が続いている可能性がある。秘密結社から大統領が生まれてしまうのだから、資本至上主義って危険だよね。左野さんの旦那さんは航海士だったんだ。渡航先で骨董品《こっとうひん》をお土産に買ってきたらしい。秘密結社のことはご存知なかったと思う。インディーズバンドのロゴかなんかだと思ったんじゃないかな。沢村さん、よく気が付きましたね。さすがだなあ」

「そのTシャツを左野さんに返却するんですね。先生、替えの服はありますか？　すぐに用意しますよ」

「ここで貸してもらえるから大丈夫」と百瀬は言った。

「はあ？」

沢村は心底ぞっとした。

留置場で貸し出されるのはグレーのスウェットと決まっている。洗濯はされているものの、どこの馬の骨ともわからぬ奴らが袖を通したものだし、なんといっても被疑者の定番服だ。あんなものを百瀬が身につけるなんて、沢村は我慢できない。地団駄を踏みたい。

「すぐに差し入れます」と言うと、「ほんとにいいから」と手をひらひらさせている。

それにしても百瀬はあまりにもおだやかだ。

おだやか過ぎないか？

こんなところに拘束されて、不本意ではないのだろうか？

沢村はいらつき始めた。ニコチンが足りない。

「Tシャツを左野さんに返して、ワイシャツを引き取ればいいんですね？」

「それだけじゃないんだ。左野さんちの庭を見て来て欲しいんだ」

「庭？」

「左野さんと一緒に庭を点検して、何か異変がないか、見て来て欲しい」

「爆発物とか？　脅迫事件の犯人が危害を加えるかもしれないと？」

「いや、それはないと思う」

「ならなぜ？」

「とにかく、見て来て欲しい。証拠保全は済んだという報告とともに、Tシャツを返して、庭の点検。左野さんには安心して暮らしてもらいたいからね」

「わかりました」

「以上です」

「は？」

「聞いてくれてありがとう。あとはよろしく」

「言い忘れたことありませんか？」

「あ、そうそう、なるべく正水さんと一緒に行動してください」

「は？」

「正水さんの勉強になるから」

「彼女はしっかり者だから、沢村さんの助けにもなると思うし」

「はあ？」

「む…………」

「早く行って。証拠保全は早いほど効果的だから」

沢村は我慢の糸が切れた。

「呑気すぎませんか？」

沢村は興奮して立ち上がる。

「未成年者略取の件、名前が出たらどうするんです。信用を失いますよ。黙秘を続ければ、二日後には検察に身柄送致されます。検察でも黙秘しますか？　そこで勾留が決定してしまったらさらに十日間ここから出られずに」

ここまでまくしたてると、沢村はハッとして言葉を切った。相手は弁護士だ。超がつく優秀な。こんな説明は不要。すべて承知の上ということだ。

百瀬は微笑んだ。

「わたしは大丈夫」

百瀬は立ち上がり、「よろしくお願いします」と頭を下げた。

手からするりと落ちた皿は、床の上で真っ二つに割れた。

「やっちゃったあ！」

仁科七重は思い切り顔をしかめ、近くにいた猫たちはさーっと逃げた。

ここは百瀬法律事務所のキッチンである。

幽霊屋敷をリフォームする際、新しいガスレンジを設置し、蛇口も新しくした。昭和らしさが残るタイル製の流し台はそのまま残し、腐食していた壁と床は、多摩のもえぎ村で育った杉を用いて張り替えた。無垢材なので温《ぬく》もりがあり、断熱効果と消臭効果がある。

木の香りが今も豊かだ。

香りの正体はフィトンチッドと呼ばれる成分で、鎮静作用があるとされ、血圧が下がることも実証されているが、七重の感情には作用しないようである。

「だからクッションフロアにしておけばよかったんですよ！」

七重はヒステリックに叫んだ。

猫が自由に行き来できるよう、襖やガラス戸を開け放してあるので、和室の事務所でパソコンに向かっている野呂に七重の声は届いた。

野呂は大きな声で言い返す。

「クッションフロアの選択肢もありますよとわたしは言いましたよね！　キッチンは女の領域だから口を挟むなと言ったのは七重さん、あなたですよ！」

「ええ、そうです！　今、わたしはわたしをデスったんです」

七重は「ディスる」という言葉を最近覚えてやたらと使うのだが、小さな「ィ」の存在には気づいていない。

七重は情けない顔をして野呂のデスクにやってきた。真っ白な半月形の皿を両手に一片ずつ持っている。

「どうしましょう？」

「燃えないゴミですよ」

野呂はモニターを見つめキーボードを叩きながら答える。

七重は声を低くして野呂を睨む。

「ドラマではお皿が割れると必ず悪いことが起こるんです」

野呂は黙ってキーボードを叩き続ける。時間の無駄でしかない会話に入りたくないのだ。

「だいたい想像はつくんですよ」

七重はひとりしゃべり続ける。

「おそらく百瀬先生は今日セント・バーナードを連れて帰ります」

野呂は思わず指を止めた。

七重が犬種を言い間違えずに発音できたことに驚いた。かつての七重なら、セント・バーニャーニャーとかタント・バーバードンなどと言い間違えたものだ。やはり木と畳の香りが能力を高めるのだと野呂は確信した。木と畳、恐るべし。

返事がなくても七重はかまわずしゃべり続ける。

「この事務所は庭があるじゃないですか。百瀬先生、調子に乗って、どんどん大型犬を引き受けてしまうのではないかと、心配していたんです。皿が割れたんですから、セント・バーナードくらい連れてきそうじゃありませんか。すると犬小屋が必要になりますね。犬小屋は作れます。庭にそれくらいのスペースはありますよ。ただね、散歩ですとかね、こっちのやることが増えるのは困りものです。わたしはねえ、人生いろいろありましたが、中年太りとは縁がないんです」

話はどっちへゆくのだと不安になったが、野呂は口を挟まないと決めている。

「ダイエットはしたことないし、散歩も必要ありません。あ、そうそう、犬の散歩は鈴木晴人くんにやってもらいましょう。若いんですからねえ。早く上に住んでくれませんかね。セント・バーナードより先に来てくれないと困ります。とにかく、百瀬先生は人が良すぎるという話ですよ。何をしでかすかわからない。爆弾抱えているようなものですよ。親切はよいものです。しかし、ほどほどじゃないといけません。過ぎたるはなんちゃらって言うじゃないですか」

「過ぎたるはなお及ばざるが如《ごと》し」

野呂はとうとう口を出してしまった。皿一枚割れただけで、七重の話がどこまで続くのか空恐ろしくなってきたので、ここいらで水をさすべきと考えた。

返事が来て七重はがぜん調子に乗る。

「そうそう、昔の人はいいことを言いますね。さすが日本人ですよ」

「日本人ではありません。孔子は中国の思想家ですよ」と再び水をさす。

「あらまあ、さすが中国人。あれほど国土が広いんですから優れた人がいるのも道理ですよ。第一、パンダの国です。白と黒なのにかわいく見えるなんてすごいと思いませんか？考えてもみてください、シャチと同じ配色なんですよ。お葬式色じゃないですか。モノトンです」

「モノトーンです」

野呂は水をさし続け、七重は水を得た魚のようにしゃべり続ける。

「わたしはね、百瀬先生を見ていると、あれを思い出すんです。子どもの時に読んだ『幸福の王子』ってお話」

「オスカー・ワイルドの短編小説ですね」

文学の話は好きなので、野呂は「あれはですねー」と言いかけたが、七重に遮られた。

「王子の像は魂を持っているんです。とっても優しいんですよ。不幸な人たちをほうっておけないんですよ。ほーら、百瀬先生でしょう？　王子は自分の体を覆っている金や宝石をはがして、ぜーんぶ貧しい人たちに分けてあげてしまうんですよ。そうしてですね、自分は最後にみすぼらしい姿になって、撤去されちゃうんです。ほらほら、まるで百瀬先生みたいじゃないですか」

「先生はみすぼらしくないですよ」

「だって法律王子みたいに、いい服は着ていませんよ。弁護士としてはみすぼらしいうちに入るんじゃないですか？　それに、あれ？　わたし何の話をしてたんでしたっけ」

「『幸福の王子』ですよ。七重さんが好きな」

「誰が好きって言いました？」

「え？」

「大嫌いですよ。わたしはこのお話を読んだ時、子どもながらに、無性に腹が立ったんです。でも理由を覚えてないんです。なんでだっけなあ。カーッと頭にきたんです」

「たしかにツバメは気の毒でしたね」

「ツバメ？」

「王子は渡り鳥のツバメにお願いして、宝石や金をはがして運んでもらったんです。自分は動けませんからね。ツバメは王子の頼みを断れなくて、何度もあちらこちらへ運んでいるうちに、渡る時期を逃して、寒さとひもじさで死んでしまうんです」

「そうだった！　忘れてた！」

「ツバメが死んでしまい、優しい王子の鉛の心臓がまっぷたつに割れるんです」

「ひどいもんですよ。子ども心に王子はなんてひどい奴だと思いました。遠くの他人を助けて、身近なツバメの苦しみに気づかない。百瀬先生も気をつけるべきです」

「そうですねえ、たしかに」

野呂はつい、相槌《あいづち》を打ってしまった。自分はともかく、大福亜子はこの先幸せになれるだろうかと、そこはやや不安要素だ。依頼人に「助けて」と言われたら、妻を放って駆けつける、そんな男だから。

七重は相槌をもらってますます舌に勢いがつく。

「とうだいもとくらし、って言うじゃないですか。東大出のひとは、足元が全く見えてないんですからね」

「灯台は東京大学のことではありません。ランプのような照明具のことで、遠くは明るく照らすけど手元は暗くて見落とすという意味です」

「同じことじゃないですか。王子はとうとうツバメを死なせてしまうんです。命はひとつしかないのに。許せませんっ！　あれ？　王子が百瀬先生なら、わたしたち、ツバメですか？　このままだとわたしたち死んでしまうんですか？」

「たしかに百瀬先生は身を削って人に尽くすタイプです。ですから、わたしたちはツバメになってはいけません。百瀬先生をみすぼらしい姿にしないよう、きちんと守っていかなくては」

電話が鳴り、野呂がとった。

「はい、百瀬法律事務所でございます。沢村さん？　沢村先生ですか。お久しぶりです。

お元気ですか？　正水さんがお世話になっております」

七重が「エデンの東？　代わりたい！」と言うのを野呂は手で制す。

「はい……はい……はい……えっ、逮捕？　ヒクッ」

野呂は大きなしゃっくりをひとつして、固まった。

七重がやいやい言っても相手にせず、急に声をひそめて、深刻そうにごにょごにょと話し始めた。

七重はあきらめてキッチンに戻り、割れた皿を流し台の横に置いた。

気持ちを切り替え、食器棚を整理し始める。鈴木晴人が拘置所から出てきたら、ここでごはんを作ってあげようと、少しずつ家から食器や調味料を運び込んでいるのだ。

鈴木晴人は罪を犯した。もしあたたかい寝床とごはんがあったら、あんなことはしなかっただろう。晴人はものごころつく前に親を失い、病気がちの伯母の養子となった。中学にもろくに通わずに働きながら介護を続け、看取《みと》り、職も住居も失ってひとりになった。子ども時代に子どもでいられなかったと聞いている。だからここで、子ども時代をやり直させてあげたいと百瀬は言っていた。

七重は「お節介をやきまくる」と心を燃やし、苦手な整理に果敢に立ち向かう。

猫たちは狭いところが好きなので、七重が扉を開けた隙に棚に入ってしまう。いちいち猫をよけながらの作業で、時間がかかる。

しばらくすると、「七重さん」と背後から声がかかった。

振り返ると、野呂が青い顔をして立っている。

「どうしたんですか？　体調悪いんですか？　風邪ならうつさないでくださいよ」

「これから鈴木晴人くんに会いに拘置所へ行きます」

「そっちは百瀬先生が行くって言ってませんでした？」

「先生は今、けいさちゅにいて」

「依頼人と接見してるんですか？」

「いいえ、その…………百瀬先生が…………たひほ」

「何ですか？」

「百瀬先生が……た、た、たひほされて」

「しゃきっとする！」

七重は野呂を叱りつけ、問いただす。

「百瀬先生が逮捕されたと、沢村先生がそう言ったんですか？」

「はい」

「百瀬先生、牢屋《ろうや》に入っちゃったんですか？」

野呂は頭に血が上った。

「牢屋じゃない！　留置場です！」

「百瀬先生はいったい何をしでかしたんですか？」

「してない！　してない！　冤罪《えんざい》だ！」

野呂は自分の怒鳴り声にハッと我に返った。女性に向かって声を荒らげるだなんて、みっともない男のすることだ。恥を知れ。身を正せ。

野呂は自分の頬を両手で叩いた。

「しっかりしろ、ツバメ」とつぶやく。

野呂は『幸福の王子』の話が大好きだ。あのツバメはかわいそうなんかじゃない。正義の手伝いができて本望だったろう、と思っている。自分だって百瀬の正義を手伝うためなら、死んでもいい、と思っている。そりゃあできることなら死にたくはない。いや、絶対、死にたくない。でも、ツバメにはなりたい。その思いに偽りはない。

今は代理を務めることに専念する。それしかない。

「行って来ます」

野呂は出て行き、七重はひとり残され、割れた皿を見てつぶやいた。

「予想を超えて来ましたね」

七重はしばらく無言で皿を見ていたが、「とりあえず」と顔を上げた。

「セント・バーナードは連れてこない。これはたしかです。自分が檻《おり》に入っちゃってるんですからね。よしとしましょう」

七重は胡椒《こしょう》の瓶を戸棚におさめた。

沢村透明は暑かった。

暑くて、いらいらしていた。

左野家のリビング。スプリングが硬いソファ。ちぐはぐな調度品の数々。デカすぎるバナナの葉。愛妻家オーラを発散させている船長の遺影。

いらつく。

真っ赤な格子屛風なんぞバキバキに壊して焚《た》き火《び》にくべたい。おっと、焚き火を思い描いただけで汗が噴き出る。

沢村は激しく後悔していた。

玄関先で用は済むはずだった。

Tシャツを渡してワイシャツを受け取り、証拠保全は昨日のうちにやり終えたと伝え、その後何か変わったことはありませんかと尋ね、「ない」と返ってきたら、「お庭を見せていただけますか？」と切り出す。そして庭を点検して終了、のはずだった。

なぜかくそ暑いリビングにいる。

インターホン越しに百瀬の代理だと伝えたら、いきなりドアが開き、「とにかく中へ」と言われ、中へ入ると、「とにかくリビングへ」と言われ、つい上がってしまった。

しかたがない。心労が重なったのだ。

昨日はかなり無理をした。十代の女子と面談するだけでもくたびれるのに、警察に呼び出され、証拠保全に駆け回った。警察、動物病院、動物愛護センター。三ヵ所もだ。人と対峙するという精神的重圧が激しい作業、その間ニコチンに頼れないのはキツ過ぎる。

その上、正水直だ。十代女子のくせにつきまとってくる。「百瀬先生の一大事に指をくわえて見ていられません」と言って、離れない。

沢村は身長百七十八センチ、正水直は百五十あるかないか。撒《ま》けると思ったが、彼女はかなりの健脚で、かつ、ずうずうしかった。

動物病院でも動物愛護センターでも、話すのが苦手な沢村がちょっと言《い》い淀《よど》むと、横から補足し始める。すると相手は彼女のほうが話が通じると思い、彼女とやりとりを始める。悔しいけれど、その後さーっとものごとが進むのだ。おかげで証拠保全は予定通り一日で済んだが、沢村は十代女子と行動を共にすること自体にくたびれてしまった。

「暑いですね。上着を脱いだらどうですか」

隣で正水直がつけつけと言う。

そう、今日もつきまとっている。まるでストーカーだ。

住所を教えたのがいけなかった。今朝早く迎えに来たのだ。鍵を渡したのは最大の敗因だ。寝ていたところを突撃された。

「Tシャツ洗って来ました。今から左野さんちに行きましょう、早く!」

彼女は息巻いていた。

「百瀬先生を留置場から救い出しましょう。すぐやりましょう」

受験生のくせに、勉強は頭から吹っ飛んで、百瀬を救いたい一心のようだ。

事務所で会った時はおとなしい印象だったのに、警察まで追いかけてくるし、地団駄踏むし、「畜生」だし、今朝は男の部屋にずかずか入ってきて、パジャマ姿の沢村に「早く着替えろ」と命じる。母のほうがよほど遠慮がある。

母がきてあれこれ世話を焼くのを鬱陶しく思っていたが、次からはもう少し優しく接しようと思ったくらいだ。

百瀬は優秀だ。留置場から出ようと思えばたぶん出られる。なぜだか知らぬが彼は出ようとせず、抱えている案件を沢村に代行して欲しいのだ。

百瀬の希望は「代行」だけだ。「救ってくれ」なんて言われてない。

正水直にそう説明したのだが、「冤罪を晴らしましょう。一緒にがんばりましょう」と聞く耳をもたない。

しぶしぶ着替え始めると、さすがに男の裸に躊躇《ちゅうちょ》したのか、「杉山さんにご挨拶してきます」とリビングへ走って行き、しばらくすると「きゃーっ」と、悲鳴を上げた。

杉山は彼女が気にくわないようで、「アホ、ボケ、ナンヤオマエラ」と口汚く毒づきながら部屋じゅうを飛び回り、しまいには彼女の頭頂部に着地して「ドツイタルワイ！」と啖呵を切った。

正水直は凍りついたようにしばらく固まっていた。杉山の鋭い爪に耐え、頭の上を見ようとして白目をむいている姿は滑稽で、沢村はつい、げらげら笑ってしまった。

驚いた。げらげら笑うなんてこと、自分にもできるのだ。

杉山がタイハクオウムで、口ほど獰猛《どうもう》ではないと納得すると、直は「はじめまして」と挨拶をし、水を換えたりえさを与えたりして、せっせと杉山のご機嫌をとった。沢村がでかける準備を終える頃には、両者はすっかり折り合っていた。

沢村はまだこの十代女子に慣れていない。とにかく強引過ぎる。

沢村が知っている女性は母親と秘書の佐々木桜子くらいだ。どちらも気が強いが、純血種の猫のように品がある。くらべて直は野生だ。野良猫どころかヤマネコのようなしぶとさで、鬱陶しい。

左野家の女主人はまだ戻ってこない。冷たいものを用意しますと言って、消えたっきりだ。

沢村はいらいらが頂点に達し、「帰りてえ」とつぶやく。本音は「吸いてえ」だ。

直は「上着を脱いでください」と言う。

言われるままに上着を脱ぐと、いきなりシャツの袖口を捲《まく》り上《あ》げられ、パチッと腕を叩かれた。何か貼られたように感じ、見ようとしたら、さっと袖を下ろされた。

「ニコチンパッチです」と直は言う。

「父はこれで煙草をやめました」としれっと言う。

沢村は「余計なことを」と舌打ちをした。ニコチンパッチには懐疑的だ。自分ほどのニコチン高摂取者にあんなもの通用するわけがない。剝がそうと袖を捲ろうとしたら、左野麦子が現れた。

「おあずかりしたワイシャツとランニングです」

アイスコーヒーをふたりぶん置くと、風呂敷《ふろしき》包みを差し出した。

直は「お借りしたTシャツです」と紙袋を渡した。

沢村は証拠保全が済んだことを伝え、その後変わったことがないか尋ねた。

「警察が来ました」と麦子は言う。

「百瀬先生がお帰りになって数時間ほど経って、インターホンが鳴って、警察ですと言うのです。とうとう来たと思いました。サファイアプリンセスの件で告発されたと思い、身構えたんです。でもひょっとして、警察と言うのは嘘で、詐欺かもしれないし、百瀬先生から不用意にドアを開けないようにと言われているので、インターホン越しに何の御用ですかと尋ねたら、この近くに不審者が現れ、逮捕したと言うのです。おたくでは何か変わったことはありませんでしたかと聞かれました。ありませんと答えると、最近、不審な事件が続いているので、何かあったら、すぐに一一〇番してくださいと言われました。どうやら一軒、一軒回っているようで」

麦子は顔を曇らせて話を続けた。

「猫の件ではないと、いったんはほっとしたのですが、夜遅くにまたインターホンが鳴ったんです。インターホンで、週刊ぷんすかです、と言うんです。あの有名な雑誌、『週刊ぷんすか』の記者さんだったんです」

沢村はやれやれ、困ったことになったと思った。

週刊誌が嗅ぎ回っているとなると、名前が出てしまうのも時間の問題だ。『週刊ぷんすか』は発信力がずば抜けている。ぷんすか砲をくらったら、政治家は議員バッジを失うし、タレントはCMから降板、信用第一の弁護士は一発アウトである。

「ぷんすかの記者さんが、取材に協力してくれと言うのです。近くで少女誘拐未遂事件があったので、何か目撃していませんかと。何も知らないと言って断りました。その時間には娘たちが帰宅しておりましたので、娘たちは何だろうねと言って、インターネットで検索したのです」

どくろTシャツを着た男が少女を車で連れ去ろうとして、逮捕された。容疑者は黙秘しているという記事を見つけたと言う。

「びっくりしました。どくろTシャツって、わたしが百瀬先生に着てもらった服じゃないですか。娘たちは物騒だとか未遂で良かったとか話しておりました。ふたりとも知らないんですよ。うちに警告文が来たことやわたしが百瀬先生に相談したこと、娘たちには内緒にしています。あの子たちに心配をかけたくないんです。ですのでわたし、たったひとりで気を揉《も》んでいました。百瀬先生じゃないですか？　逮捕されたの」

沢村はもうだめだと思った。

百瀬は依頼人の信用を失った。庭を見せてもらうのは無理だ。沢村が黙っていると、直が「そうなんです、百瀬先生なんです」と言った。

「百瀬先生は間違って逮捕されたんですけど、左野さんの依頼について守秘義務をまっとうするために黙秘しているんです」

「ああ、やっぱり」と麦子は涙ぐむ。

沢村は感心した。うまいことを言うヤマネコだ。

麦子は肩を落として話す。

「警察沙汰にはしたくないとわたしは強く申し上げたんです。すると先生はわかりましたとおっしゃって。あのときどんなにほっとしたことか。なのにわたしのせいで先生が警察沙汰になっちゃって。本当に申し訳ございません」

麦子は頭を下げた。

沢村は今だと思った。

「お庭を見せていただけますか？」

庭は高さ一メートルほどのブロック塀で囲われている。

透かしブロックを多用しているため、圧迫感がなく、風通しも良い。そこそこの広さがあり、ハナミズキと木蓮《もくれん》とアオキに混じって一本だけ火《ひ》の見櫓《みやぐら》のように椰子《やし》の木がそそり立っている。庭の中央にはレンガで囲まれた花壇があり、雑草が気ままにはびこっている。

沢村は虫が苦手なので、緑には近づかず、見える範囲だけざっと見回した。いらいらはすっかり治まっている。ニコチンパッチは意外と効くようだ。

直はかがんで枝を掻《か》き分《わ》けるようにして茂みを覗き込んで回っている。さすがヤマネコ、虫など気にしないのだ。

沢村は麦子に尋ねた。

「いつもと違っているところはありますか?」

麦子は恥ずかしそうに「もう全然、違ってしまって」と言う。

「花壇には季節の花を植えていたんですよ。こんなに雑草だらけじゃありませんでした。夫が亡くなってから、庭に出る気力がなくなって、荒れ放題でお恥ずかしいかぎりです」

「左野さーん」

塀の向こうから声がかかった。隣の家の庭からツバの広い帽子をかぶった女性が回覧板を差し出しながらこちらを覗き込んでいる。

麦子が挨拶しながら回覧板を受け取ると、女性は「お客さん?」と言った。

麦子が言い淀んでいると、直は茂みから顔を覗かせて声を張った。

「お線香をあげさせてもらったんです。ご主人には仕事でお世話になったので」

「なんだ、マスコミかと思ったわ」

女性は残念そうで、沢村をちらちらと見ながら、麦子に言った。

「昨日、警察が来たでしょう？　誘拐事件ですって。おたくもお嬢さんがいるのだから、不安よねえ」

「夜道に気を付けるようにと言いましたの」と麦子は答える。

女性は声をひそめて言う。

「ゆうべ『週刊ぷんすか』の取材を受けたんですよ。お宅は？」

「夜遅いからって断りました」

「わたしは逆に聞き出してやろうって魂胆で取材に応じたんですよ。やはりぷんすか、情報を持ってました。最近この一帯で変なことが起こってるんですって」

「変なこと？」

「座敷童《ざしきわらし》が出たらしいの」

「座敷童？」

「そう。詳しくは教えてくれないんですよ。続きを知りたければ、『週刊ぷんすか』を読んでくださいって。わたしがしつこく聞いたものだから、うんざりしたみたいで、帰っちゃったんですよ。うちにもとっておきのネタがあるのに」

沢村は「何かご存じなのですか？」と尋ねた。

「化け猫が出たんです。わたしが見たわけじゃないんですけど」

「化け猫？　お宅に？」

「うちに出たわけじゃないんですけどね」

「少しお話聞かせてもらえますか？」

「あなた、どなた？」

「弁護士です」

「あら？　ご主人の仕事関係の方ではないの？　さっきのお嬢さんとは？」

「彼女とぼくは全く関係ありません。たまたま、左野さんのお宅で一緒になっただけで」

「まあそう、あなた、ずいぶんと姿がいいから、タレントさんかと思ったわ」

直が「すみません、お話し中に」と麦子に近づいた。手にはピンク色の子ども用の靴を持っている。

「これ、落ちていました。娘さんの昔の靴ですか？」

「いいえ」と麦子は首を横に振る。

「どこにあったんですか？」

「塀の下に落ちていました」

靴のサイズは二十二センチ。色はピンク。外側に風雨にさらされたあとはないが、内側には土がこびりついていた。


東京地検の取調室で明石《あかし》より子《こ》検事は被疑者をまじまじと見つめた。

グレーのスウェットスーツにぼさぼさ髪、黒ぶちめがねをかけている。

百瀬太郎、四十二歳。罪状は未成年者略取および誘拐未遂の疑い。

二十四時間以内に勾留請求するか否かを決めなければならない。

警察の調書によると、逮捕の経緯は以下だ。

声かけ事案が頻発している住宅街で、抑止効果を狙って交番勤務の巡査部長と巡査がふたりでパトロールをしていたところ、停まっていたタクシーの運転手から声をかけられた。「骸骨シャツを着た不審な男が女の子を追いかけていった」と。

運転手が指し示す方向にふたりが駆けてゆくと、被疑者が少女を背負っていた。少女は「助けて」と二度叫び、被疑者の背から飛び降り、巡査部長に助けを求めた。被疑者は抵抗することなく巡査により逮捕されたが、警察の聴取には黙秘している。

少女は十歳。体は標準よりひとまわり小さく、靴を履いていなかった。現場で巡査部長の問いかけに「誘拐された」と言い、氏名と住所を答えたので、自宅まで送り届けたところ、顔認証キーにより、自ら玄関に入り、内側から鍵をかけ、声をかけても応答せず、夜遅く仕事から車で戻った母親と話ができたが、捜査には協力できないと言われた。

親権者が聴取を拒んでいるため、被害者の少女から証言を得られていない。

以上、調書の内容を反芻《はんすう》しつつ、明石は被疑者と向き合っている。

未成年者略取および誘拐未遂罪は親告罪なので、被害者からの訴えが得られなければ起訴はできない。警察は現場での「助けて」と「誘拐された」という少女の言葉を逮捕の決め手としているが、それだけでは起訴状は作れない。

被疑者・百瀬太郎がこのまま黙秘し続けても、いずれは不起訴となり釈放される。警察は逮捕を誤認と認めたくないので、少女の母親に告訴するよう、今も働きかけている。百瀬からも何らかの証言を得たいため、検察に勾留請求をさせ、少なくとも十日間、できれば最大二十日間は留置したいはずだ。

明石が勾留請求すれば、百瀬は裁判所に移送され、裁判官が百瀬に勾留質問をして判断を下すので、責任は分担されるし、警察は面子《メンツ》を保てる。

検事は裁判所や警察とうまくやりたい。うまくやらないと、やっかいだからだ。

それにしても、百瀬のくせ毛はひどすぎる。

二十年前と変わらず、のたうちまわっている。

彼だけ違う世界線で生きているようだ。

「こんなところで会うとはねえ」と明石はため息まじりに言った。

明石と百瀬は司法研修所の同期なのである。

司法試験に受かるとすぐに弁護士や検察官、裁判官になれるわけではない。一年間修習を受け、二回試験と呼ばれる修了試験に合格して初めて法曹の資格が得られるのだ。地方での実習もあるが、座学は和光《わこう》にある研修所で行われる。寮があり、グループワークが多く、共に学んだ仲である。

修習時代の同期は戦友であり、ライバルであり、今も活躍が気になる存在である。

百瀬は大学在学中に司法試験に合格したため、同期では最年少で、明石の心に強烈な印象を残している。

明石自身は会社勤めの経験があった。世間的には一流企業であったが、旧態依然とした財閥系の組織で、女性というだけで初任給から差をつけられた。女性は能力にかかわらず出世が望めないという不文律に違和感を覚え、三十歳を過ぎてからの挑戦だった。つまり百瀬とは十歳近く歳の差がある。

修習生の経歴はさまざまで、明石のように社会人経験があるものも珍しくない。

寮ではみな二回試験に向けて必死に勉強するが、週末必ずどこかの部屋で飲み会があった。少しは気を抜き、脳をアイシングしないと、学習効率が下がるからだ。

百瀬は誘われると素直に顔を出した。酒には強くて一向によっぱらう気配はなく、部屋の隅で淡々と飲んでいた。話しかけると普通に応えるし、気難しいところもなく、講義について意見を求めると、いつもハッとさせられる答えが返ってきた。

宴会のあとも、百瀬の部屋の灯《あか》りは明け方近くまで灯《とも》っていた。

大学の卒論をこなしながら研修に参加していたようだ。大学など留年すればいいのにと明石が言うと、最短で卒業して学費を抑えたいと言っていた。彼の服装はみすぼらしく、肘には継ぎ当てがあった。誰かが「星飛雄馬《ほしひゅうま》みたいだな。父親に英才教育受けたのか？」とからかったら、「父はいません」と答えていた。

彼は異端だったが、悪く言うものはいなかった。彼には攻撃性というものがまるでなかった。グループワークではいつも資料作成やコピー取りなど面倒な役割を押し付けられていたが、嫌な顔ひとつしなかったし、ミスがなかった。彼がいると便利だった。悪く言うものがいるはずもない。

しかし一部の教官からはひどく煙たがられていた。

裁判起案の書き方の講義で、「以上の事実から被告人が意図的に壊そうとしたのは明白であり」と教官が解説すると、百瀬は手を挙げ、「そうとは言い切れない場合もあるのでは」と異論を唱えた。

「たとえば被告人の利き手に麻痺《まひ》があった場合」などと次々と可能性を例示し始める。しかもそれはこじつけではなく、「なるほどそういうことはあるかもしれない」と思わせる内容だった。ほかの修習生はつい感心して聞き入ってしまい、教官の面目はまるつぶれだ。

百瀬に反抗心はなく、清々しいほど無垢な問いかけだったので、教官はなおのことやりにくく、苦々しく思うのだ。

嫌う教官がいる一方で、「じゃあ、百瀬くん、こっちの判例はどう思う？」などと課題をぶつけて面白がる教官もいた。教官の好奇心にひと晩付き合わされることもあったようで、彼はいつも眠たそうにしていた。わずかな休憩時間に座ったまま寝ている姿をよく見かけた。

明石は当時、複雑な思いで彼を見ていた。

法曹界は憧れの世界だ。「ここに身を置けば、女に生まれたことを悔やまずに済む」と飛び込んだ世界だ。法のもとの公平性に救いを求めていた。

教官は会社の上司よりも尊敬できたし、教わるたびに「なるほど」と感心した。判例をひとつでも多く学び、同じ判断を下すべきだと素直に考えていた。判例とはつまり、過去に最高裁判所が下した決議であり、それこそがバイブルだ。都度、法の解釈が違ったら不公平になるので、判例を基準にするのは正しいと今も信じている。

百瀬はそこに異議を唱えたのだ。

「それ、間違っていたら、ただすべきじゃないですか?」

「間違っていませんか?」

「判例が憲法に反していた場合、どちらを優先するのですか?」

法曹界の神である最高裁判所の判決に疑問を持つなんて恐れ多い。百瀬とは一緒に働きたくないと強く思った。

彼が裁判官の道に進んだら、日本の法曹界は大混乱しただろう。

百瀬が弁護士を選んだので明石はほっとした。おそらく教官たちもほっとしただろう。明石は「悪い奴は許さない」という動機から検事を選んだ。検事と弁護士だから、いつか法廷で戦うことになるかもしれないと、ひそかに恐れていた。

今から十五年前、世田谷猫屋敷事件で百瀬の名が世間に知られた時は、同期の仲間と飲みに行っては話題にした。「あいつらしい」とか、「ばかだな、出世を棒に振って」とみな愉快そうだった。誰もがうらやむ一流法律事務所に入った百瀬があの事件をきっかけに独立に追い込まれたので、ライバルがひとり消えたとほくそえむものもいた。

法曹界に入ってみなそれぞれに試行錯誤している時期だったから、「自分はあいつよりはマシだ」と思えて、安堵《あんど》したものだ。

それきりしばらく話題にのぼらなかった百瀬太郎。明石自身は時々思い出していた。仕事で判断に迷う時、「あいつならどう考えるかな」と推測し、その逆を選んできた。彼は失敗のアイコンだからだ。

その後再び百瀬は世間を騒がせた。国際スパイの強制起訴裁判で、検察官役の指定弁護士になったのだ。町弁だった百瀬がなぜか抜擢《ばってき》された。

同期で再び連絡を取り合い、みなで裁判の行方を注視した。

外事警察が苦労を重ねて逮捕にこぎつけた国際スパイ。アメリカの巨大な裏組織に属しているとわかったため、外交上の圧力が法曹界にかかり、いったんは不起訴になった。それを不服とした経団連がなんとか強制起訴裁判に持ち込んだ。

外交上の不利益を嫌う政府から再び強い圧力がかかるのは明白で、有罪にするのは困難だと思われた。しかし、指定弁護士の権限で強引に捜査を推し進め、有罪を勝ち取ったのが百瀬太郎なのである。

証拠を並べて有罪性を訴える百瀬の主張に、裁判官は無罪の判決を下せなかった。

老齢のエリート裁判官はその責任を取らされ、地方へ左遷された。

「やはりただものではない」明石の胸はざわついた。

固唾を飲んで百瀬のその後を注視したが、さっさと町弁に戻り、猫弁などという身分に甘んじていると知り、ほっとしていた。

しかしまさか取調室で被疑者として再会するなんて。

同期としてはそこまで落ちてほしくはない。

「何の意図で黙秘したのか知らないけど、ここでも黙秘を続けると、こっちは勾留請求するしかなくなるのよ。それでいいの？」

「はい」と百瀬は言う。

昔のまま、そのまんまである。声も言い方も、百瀬太郎だ。

「コピーとっといて」「はい」

「片付けといて」「はい」

研修所にいた頃と変わらないじゃないか。デジャヴだ。どうしたものかと考えを巡らしていると、百瀬はこちらを気遣うようにささやいた。

「黙秘しますので、時間をかけなくていいですよ」

明石はムカついた。

「悪い奴は許さない」という立派な動機から選んだ検事職だが、毎日膨大な量の調書と証拠品に目を通し、嘘ばかりつく被疑者の言い訳を聞かねばならず、山ほどの調書をこしらえねばならぬ。起訴すると裁判の立ち会いや有罪の証明をしなければならないから、「なるべく不起訴にして数をこなしたい」という気持ちが働く。つまり、悪そうな奴を見過ごしがちになるのが現状だ。

検事は数をこなすほど出世するという不文律があり、上に行くものは不起訴数国内チャンピオンばかりだ。悪を見過ごせば見過ごすほど、偉くなれるのだ。

昔いた企業のような女性差別はないものの、ここでは正義に目をつぶると出世するというゆがんだ法則があり、明石も法則に身を任せている。ひとりで抗《あらが》っても負けるだけだからだ。「時間をかけなくていいですよ」だなんて、保身を見透かされたようで、激しくムカつく。被疑者のくせに生意気である。

明石は強い口調で言い返す。

「わたしはいい加減な仕事はしません」

百瀬はきょとんとしている。

「百瀬くん、わたしのこと、覚えてる？」

「はい、明石より子検事。おひさしぶりです」

脇でパソコンに向かいながら記録をとっている事務官が「検事」と口を挟んだ。

「お知り合いなんですか？」

「私情は挟まないから心配しないで」

「はあ」事務官は不服そうに黙り込む。

同期だろうが法曹だろうが手加減はしない。勾留請求は避けられないと明石は考える。

どうせ不起訴になるのに、十日間の留置場暮らしをさせることになる。

明石は百瀬を見る。昔と変わらないくせ毛にちらほら白髪が見えるが、たくらみのない瞳は健在だ。この目が曲者《くせもの》なのだ。

一緒にいたくないのに最も信頼できる不思議な存在。同期のみんなもよく言っていた。自分に何かあったら百瀬に弁護を頼みたい。何かないことを祈るけど、って。

「少女は知り合い？」

「いいえ」

「じゃあ、なぜ背負っていたの？」

「言えません」

「質問を変えますね。あなたは結婚していますか？」

百瀬は再びきょとんとした。

「いいえ」

「じゃあこれは？」

明石はビニール袋に入った所持品の赤い手帳を見せる。

「夫婦手帳って書いてあるけど」

百瀬の顔がぽっと赤くなった。動揺する百瀬を見るのは初めてだ。

ついに弱点発見。

新大陸を発見したコロンブスに勝るとも劣らない高揚感に満たされる。

弱点をついてゆけば、ぽろっと証言がこぼれるかもしれない。警察では引き出せなかった証言を検察が引き出したとなれば、今後の警察との駆け引きに何かと有利に働く。

「読ませてもらったけど、これ、あなたの字ではないよね？」

「はい」

「あなたはずいぶん変わった字を書いてたものね。これはおつきあいしている人が書いたの？」

「はい」

こういうことは素直に自白するのだ、と明石は呆《あき》れた。

「結婚していないのに、夫婦手帳ってどういうこと？」

「これから結婚する予定です」

「つまりこれを書いたのはあなたの婚約者ですか？」

「はい」

「あらま」

百瀬と結婚したいという人間がいることに、明石は驚いた。百瀬といたら一生損をしそうな気がする。相手にそれほどの覚悟はあるのだろうか。財力があるお嬢さま？　夫婦手帳の内容から、すでに同棲《どうせい》していると思われる。

「一緒に暮らしているの？」

「はい」

「でもまだ籍を入れてない」

「はい」

「籍を入れられない理由があるの？」

「理由？」

「お相手は男性ですか？」

「女性です」

なんだ女性か、と明石は思った。百瀬のパートナーが男性だとしたら、少女誘拐の動機が否定しやすくなり、誤認逮捕で釈放という道も見えてくる。そうすれば勾留請求の手間が省けるのに。

「式は？」

「まだです」

「まだってことは、いずれするのね？」

「することになっています」

「何その言い方。相手がしたいと言っているということ？」

「黙秘します」

「では質問を変えます。なぜ夫婦手帳が必要なんですか？」

「わたしがいたらないせいです」

「口で言えばいいものを文字にするなんて、彼女、ずいぶん几帳面《きちょうめん》な人ですね。息苦しくないですか？」

「ありがたいです」

「これには少女を背負ってはいけないとは書いてありませんね」

「はい」

「でも少女を背負っても良いとも書いてない」

「はい」

「少女を背負えと奨励もしていない」

「はい」

「今回のこと、彼女はどう思うでしょうね？　婚約者が逮捕されたと知ったらショックでしょう？」

百瀬はあきらかに顔を曇らせた。

「まだ家族ではないから、警察から直接の連絡はないはずよね。あなた、当番弁護士を頼んだそうじゃない。当番弁護士を通じて彼女に連絡してもらったの？」

「いいえ」

「夫婦手帳には連絡せずに外泊してはいけないと書いてあるわよね。いいの？」

「よくないです」

「断りもなく外泊した時は罰金五千円って書いてあるよね」

「はい」

「罰金払うの？」

「払います」

「お風呂は毎日入るように、睡眠は五時間以上とるように、それぞれ禁を破ったら二千円払うの？」

「払います」

「一刻も早く釈放されて、彼女に弁明して、罰金を払ったほうがいいんじゃないの？」

百瀬はうつむき、黙り込んだ。

「あなたと結婚したいなんて女性、もう現れないって、わかってる？」

百瀬は下を向いたまま「わかっています」とつぶやいた。

明石は百瀬に上を向かせたい。

百瀬は万事休すの時は上を見る癖があるのだ。なんでも、「脳がうしろにかたよって、頭蓋骨と前頭葉の間にすきまができ、そこからアイデアが浮かぶ」と妙なことを言っていた。

しかもそれは母親から教わったおまじないだとか、わけのわからぬことを言って、研修所では難しい課題の時にたびたび上を見ていた。上を見ている間は話しかけられない雰囲気があった。

取調室に来てから一度も上を向かない。万事休すではない、ということだ。もっと追い詰めなければならない。痛いところを突かねばならない。

「今、あなたの婚約者はどんな気持ちであなたの帰りを待っているでしょう？」

百瀬は取調室の掛け時計を見た。

「彼女は今自分の仕事に打ち込んでいます」

「は？」

「勤め人なんです。がんばっていることでしょう」

「えっと」

「今夜あたりは実家に帰るかもしれません。いや、もう帰っているでしょう」

「は？」

「とてもいいご両親なんです。あたたかい家庭で育った人なんです」

「えっと」

「籍を入れなくてよかった。彼女を巻き込まずにすみました」

「あの」

「ご心配なく。彼女は大丈夫です」

明石はいらっとした。落ち着こうとしたら、さらにいらいらっとした。上を向きたくなってしまい、必死で顎を引く。

思い出した。百瀬は人をいらいらさせるのだ。いらいらさせ、からまわりさせ、自己嫌悪に陥らせる。

そうだ、わかったぞ。こんな奴だから夫婦手帳がいるのだ。

かわいそうな婚約者。

明石は会ったこともない婚約者の気持ちが痛いほどわかって腹が立ってきた。

「マザコンのくせに」と明石は毒づいた。

百瀬は「えっ」と目をぱちくりした。

事務官は「それは人格否定に当たるNGワードです」とささやく。

明石は聞く耳をもたず、さらに攻める。

「あなた、ロリコンじゃなくて、マザコンでしょ」

百瀬は返事ができず、うろたえている。

「白状しなさい、マザコン！」

百瀬は上を向いた。明石は怒鳴る。

「そこじゃない！　今は上を向く時じゃない！」

「あの」

「少女をどういう理由で背負ってたの？　どこへ連れてゆくつもりだったの？　ちゃんとおっしゃい！」

「黙秘します」と百瀬は言った。

明石はぞっとした。黒ぶちめがねの奥の瞳は、まっすぐにこちらを射抜く。

彼はゆるがない。黙秘すると決めているのだ。おそらく誰かを守るために。

明石は「勾留請求をします」と事務官に言った。そして「ちょっと席をはずしてくれる？」とつぶやいた。

「検事、でも」

「結論は出た。取り調べは終了。だから行って」

事務官は不満げな顔をして取調室を出て行った。

明石は百瀬を見つめる。

「ここからは同期として個人的な質問」

百瀬は静かに頷《うなず》いた。

「今全国で訴訟が起こってる同性婚についての意見を聞かせてくれる？」

「同性婚？」

「同性婚は違憲だから認めるには憲法改正の必要がある、という考えと、同性婚を認めないのは憲法違反だ、という考えがある。民事訴訟でも裁判所の判断はバラバラだよね」

「そうですね」

「あなたはどう思う？」

「憲法には同性婚を違憲とする条文はありません」

「でも、憲法二十四条一項に、婚姻は両性の合意のみに基づいて成立し、とあるでしょう？」

「その条文は、婚姻は外的要因ではなく、当事者ふたりの気持ちだけで成立するという意図で作られました。憲法が作られた頃の時代背景として、家や組織の繁栄のための婚姻が横行していたからです。組織のための婚姻の場合、当事者の意思は軽んじられます。憲法は基本的人権を尊重するという基本理念に基づき、婚姻は当事者の意思だけで決めるものとしました。ですので、同性婚を認めないのはむしろ違憲だとわたしは考えます。両性という表現は、男性と男性、女性と女性という意味を否定するものではありません。もし否定の意図があれば、両性は異性に限ると但し書きがあるはずです。または、異性の合意に基づいてという条文になっていたでしょう。だから同性婚は法律を改正しなくても合法であるとわたしは考えます」

明石は「うん」とだけ言って話を終えた。

百瀬は連れて行かれた。

明石はさっそく勾留請求の手続きをとった。今日中に百瀬は裁判所に移送され、裁判官から勾留質問を受け、十日間の勾留が決定し、留置場へ戻るだろう。

明石はプライベートなＬＩＮＥを一件送った。

今日は早く帰る。一緒にごはんを食べたいと送った。

早く帰ってパートナーに今日の話がしたかった。

女として生まれ、社会の不条理に苦汁を舐《な》めてきた明石にとって、法律は希望の光であった。しかし法律が自身の幸福を遮る壁にもなっていた。法の光はマジョリティのみを照らし、マイノリティは闇に置き去りにする。そう感じた日から、法に携わる仕事を選んだことに迷いが生じ始めた。

しかし今日、法への信頼を取り戻せた。法の光は自分にも降り注いでいると感じることができた。あたたかかった。


「本日発売の『週刊ぷんすか』の記事によると、住宅街で白昼少女を誘拐しようとした男は、なんと弁護士だということです」

ワイドショーの女性レポーターはものものしい口調で訴える。

「警察は現行犯逮捕したものの、被害者が幼いこともあり、証言を引き出すことが難しく、まだ容疑を固めることができず、起訴に踏み切れないようです」

現場となった住宅街からのレポートで、近隣の家はボカシが入っている。

テレビ画面はスタジオに切り替わり、モデルのように背の高い男性司会者が深刻そうな顔で「まずは犯人がつかまり、住民のかたは安堵されていることと思います」と無難な発言をした。そしてコメンテーター三人に意見を求めた。

ひとり目は肩書きが医師の女性で、金色に染めた髪を揺らし、ショッキングピンクのルージュを引いた大きな口から異様なほど白い歯を見せながら流暢《りゅうちょう》にしゃべり続けた。要約すると「ショックを受けた少女には臨床心理士のカウンセリングが必要だ」とのことだ。

ふたり目は肩書きが弁護士のスーツを着た男性で、「法曹界の人間がこのような事件を起こしたのは残念でならない」と眉根を寄せ、さらに「彼はいわゆる町弁で、ペット訴訟を専門に扱い、猫弁などと呼ばれている風変わりな男です」と、個人を特定する情報を入れ込んできた。

三人目はお笑い芸人で、司会から「イットのオットさんはどう思います?」と振られた。

オットとツマの夫婦漫才でコンビ名はイット。最近ツマに逃げられ、今ではピン芸人だが、ツマが戻ることを諦めきれず、今も「イットのオット」として出演している。ピンク色の髪、頰には涙のピエロメイクをして、なのに笑顔で、ずばりと言った。

「子どもが嘘ついてるかもしれないじゃーん。狼少女?」

最後に「猫弁、ファイッ!」と叫び、ガッツポーズをしてみせた。

画面は一瞬あわてたように揺れ、急に司会を映す。

「この近辺では以前からおかしな事件が続いているという情報も入っています。座敷童が出るとか、化け猫騒動もあったようです」

司会は話を逸らし、あからさまに横目でカンペを見ながら、「さきほど出演者から不適切な発言がありました。被害に遭われたかたに深くお詫《わ》びいたします」と頭を下げた。

「なーにが不適切だ。まともなのイットのオットだけじゃん。そこの女、医師国家資格を持ってたら患者を診ろ！　そこの男、弁護士資格持ってたら依頼人と向き合え！　猫弁を見習えっつーの！　なにちゃらちゃらテレビに出てるんだ、バカヤロー」

亜子は大声で毒づき、テレビを消した。

出勤前のあわただしい時間だ。サビ猫テヌーにごはんをあげ、身支度を整えながら朝食のバナナを食べ、牛乳を飲み、歯を磨く。

ピンポンピンポンピンポン！

呼び鈴が鳴っているが無視し続ける。

「ピンポーン！」と叫びながら親友の赤坂《あかさか》春美がずかずかと入ってきた。

子育て中の春美は夫の実家で暮らしている。自己主張の強い春美に姑との同居生活は無理だろうと思い、「息が詰まったらうちを自由に使っていいよ」と合鍵を渡しておいたが、こんなに朝早く訪れるのは初めてだ。

歯磨きで口の中泡だらけの亜子は言った。

「おはほー」

「おはほじゃないですよ！」

春美は真っ赤な顔で、鼻息が荒い。

「家出してきたの？」

「家出じゃないですよ！　それどころじゃないですよ！」

背負っている生後八ヵ月の美亜《みあ》が「うわーん」と泣き始めた。春美が「うっせえ」と怒鳴ると、ぴたっと泣《な》き止《や》む。

亜子はあわてて口をゆすぐ。

「やだ、春美ちゃん、ひどい！　虐待？」

「虐待じゃないっすよ！」

春美は声を荒らげた。

「先輩みたいに子どもを育てたことがない人にはわからないんですよ」

今日はやけにえぐってくるな、と亜子は思った。

亜子は子どもが欲しい。夢は「おかあさん」だ。仕事は好きだけど、野心はない。子どもができたら家庭に入りたい。起業を夢見ていた春美がおかあさんとなり、かたや亜子は愛する人と同居を始めたばかりで、妊娠の兆候もないまま、職場での責任だけが重くなってゆく。今日も会員たちが結婚の相談に来る。年齢的にまったなしの思いで亜子を頼ってくる人たち。

腕時計をはめる。あと十分で家を出なければならない。

「美亜は箸が転げても泣く年頃なんです」

春美は勤め人ではないから、時間なんてくそくらえだ。

「とにかくよく泣くんです。夜泣きがおさまらず、こっちは睡眠不足でふらふらで、正直、一服盛りたいと思ったりもしますよ。辛くてキツくて、うっせえって叫んだら、美亜はニコッと笑ってスーッと眠りに落ちたんです。その時はたまただと思いましたけどね、その後もぐずるたびにべろべろばあより効果を発揮するんです。うっせえは美亜にとって、子守唄、泣き止むスイッチなんですよ」

春美は美亜を背中から降ろして抱きかかえ、「うっせえ、うっせえ」とつぶやきながら、亜子が手早く用意した子ども用の布団に寝かしつける。

春美は頬を膨らませて文句を言う。

「なんで電話に出てくれないんですか？　ＬＩＮＥも既読スルーだし」

亜子は「じゃね」と言って、バッグを片手に玄関へ向かう。

春美は亜子を追いかける。

「今日は泊まろっかな。美亜のオムツやミルクを持ってきたんです」

「どうぞどうぞ。好きなだけいてちょうだい」

亜子はあわただしく靴を履く。

春美は「亜子先輩！」と叫ぶ。

「今日くらい休んだらどうですか？」

亜子は動きを止めて春美を見る。

「いいですか？　亜子先輩、今なら引き返せます。籍入れてないし、式も挙げてない。ロリコン男なんてとっとと切り捨てて前へ進みましょう！　作戦会議を開きましょう！」

亜子は下駄箱《げたばこ》から赤い靴を出し、靴を履き替えた。

紺色のビジネススーツに真っ赤な革靴。

「変ですよ」と春美は言う。

「いいの、わたしはこれで」

亜子は春美の目をまっすぐに見て、もう一度言った。

「いいの、わたしはこれで」

にゃーうう、とテヌーが鳴いた。

亜子は「行ってきます」と明るく言い、家を出た。


婚活産業はここ数年で激変した。「結婚してみたい気がする」くらいの人は手軽なアプリで探すし、イベント会社も出会い系パーティー、出会い系バスツアー、出会い系クルージング等々、気軽に参加できるビギナー相手の企画をこれでもかと繰り出す。軽いノリの人は参加しやすいが、遊び相手を探しにくる既婚者が紛れ込み、トラブルになることもある。

「結婚して家庭を作りたい」「どこかにわたしに合う人がいるはず」と、真剣に結婚を望んでいる人は、ナイス結婚相談所のような老舗を訪れ、適正価格の会費を払い、個人情報を託す。そして泣いたり笑ったりと、それぞれの未来に向けて四苦八苦している。亜子はそんな会員たちに寄り添い、彼ら、彼女らの幸福を願い、ともに悩みつつ、策を提供する。

そうしてめまぐるしく一日はすぎ、仕事を終えると、亜子はロッカールームで制服を脱ぎ、肩の湿布を貼り替えて私服のスーツに着替えた。

「ふいーっ」と、温泉につかったお婆《ばあ》さんみたいなため息が出る。

赤い靴が目に入り「やっぱり変よね」と笑みが溢《あふ》れる。今日は家に春美と美亜がいる。心が浮き立つ。

新宿伊勢丹の地下の食料品売り場に寄り、春美が好きな唐揚げや美亜でも食べられそうなフルーツをゆっくりと見繕う。デパ地下のまぶしい灯り、色とりどりの惣菜《そうざい》。ますます心が浮き立つ。

平日の夜に家で待っている人がいる。そのことがしみじみとうれしい。

帰ったらまた春美がつっかかってくるだろう。「子作りにはタイムリミットがあるんですよ」と痛いところを突いてくるだろう。

それでもいい。誰かがいてくれる、そのことが今はありがたい。

いつもは暗い家に帰り、そそくさとひとりごはんを食べる。仕事熱心な百瀬は亜子が起きている時間に帰宅することはまずない。朝、一緒にごはんを食べ、一緒に家を出る。それだけでもささやかな幸せを感じていた。

なのに一本の電話を境にそれすら失われた。

三日前にかかってきた野呂からの電話。

「百瀬先生は手違いで警察に留置されてしまい、二、三日帰れそうにない」

「どうして？　何があったんですか？」と質問したが、野呂は急いでいるようで、さっと電話を切られてしまった。野呂も百瀬に会えておらず、事態を把握できていないようだ。

その後、亜子のところに警察から連絡がくるかと思ったが、いっさいない。

試しに百瀬のスマホにＬＩＮＥを送っても既読にならない。電話をかけてもつながらない。

正水直に電話で尋ねてみたが、「何かの間違いなので、すぐに出られるよう死ぬ気で動いています」とリキんだ言葉が返ってきた。

死ぬ気でがんばらないと、出てこられないのだろうか。

いつまで経っても警察からは何の連絡もない。

亜子の心は少しずつ確実に日々沈んでいった。

思えば、家族ではなかった。籍を入れていないから、社会は家族と認めないのだ。

結婚のプロと自負していたが、籍の重みにやっと気づいた。

東京にはパートナーシップ宣誓制度があり、マイノリティのカップルに婚姻相当の権利が認められている。会員の中にはマイノリティの人もいて、亜子は相談にのり、何組も制度につなげてきた。

亜子自身は百瀬といずれ正式に結婚するつもりだったから、まだ籍を入れていないし、住民票の世帯もひとつにしていない。これではただのルームシェアである。警察から完全無視される存在だ。

なんだかすごく貶《おとし》められたような気持ちだ。

そういえば、マイノリティのカップルが言っていた。

「手術の時に立ち会えない」「ここぞという時に埒外《らちがい》にされてしまう」と。

それを聞いた時は、「わかります」と言って制度につなげる手続きを手伝ったが、ちっともわかっていなかった。愛し合っているなら、公的に認められなくても、そんなに気にすることかな、と思っていた。でも、自分がその立場になると、「なんでわたしが無視されるの？」と、ひどく悲しくなるのだ。

結婚って何だろう？

結婚はプライバシーだから、今は職場などで安易に尋ねてはいけないことになっている。そんな個人的なものなのに、なぜ国家に届けなければならないのだろう？　国家に認められないと、どうしてこう、心もとないのだろう。

「このひとはわたしのものです！」と、屋根の上で叫ばなくちゃ気が済まない。そんな人間の性《さが》なのだろうか。

婚姻制度があるからこそ成り立つ結婚相談所に勤めながら、結婚の意味を深く考えたことがなかった。亜子は「ぼんやり」と「よいもの」と思っていたし、その枠に「なんとなく」入りたかった。

しかし百瀬は式にも籍にも興味がないようだ。児童養護施設で育ったので、「家族がほしい」という意識が強く、そのためだけに結婚相談所へやってきた。百瀬にとって結婚は夫婦というより、家族なのだ。亜子は女性として、そのことを心細く、時には腹立たしく感じていたが、自分こそ何も考えていなかった。

結婚式を挙げて好きな人のお嫁さんになる。そんな夢を見る「お花畑の亜子ちゃん」なのだ。おかあさんになる夢も、きっとお花畑だ。子育てもたいへんなのだ。

亜子はでも、夢を見ていたい。夢は希望だし、まっすぐで、純粋だ。お子ちゃまでもいい。夢くらい見たい、見て何が悪い、そう思っている。

買い物を終え、家を目指して歩く。

日が暮れるとともに、ますます心も暮れてくる。

今、自分が置かれている立場がわからない。

愛する人が手違いで留置場にいる。

ハッ！

亜子は立ち止まる。

そうだこれは手違いなのだ。

百瀬は以前、「オーダー通りのメニューが届かない」と言っていた。中華料理店で麻婆《マーボー》豆腐《どうふ》定食を頼むと味噌ラーメンが提供されるし、石臼挽《いしうすび》きの手打ち蕎麦《そば》がウリの蕎麦屋で蕎麦を注文してうどんが来たこともあると、言っていた。スニーカーを通販で購入したら、右と右が届いた、とも言った。筋金入りの間違われ男なのである。

「星のもとだと思います」と本人は受け入れていた。

そういえば、休日に亜子が料理を失敗して、出前をとったことがある。百瀬が親子丼、亜子が天丼を注文し、届いたのはカツ丼と天丼だった。亜子は届けた人間に「これ、違います」と指摘したが、百瀬はそれを遮り、「お届けありがとうございます」と金を払った。

「どちらも丼ですから、誤差の範囲内です」とうまそうにカツ丼を食べていた。

百瀬を見ていると、心底どちらでも良かったのだろうと、推察された。

親子丼でもカツ丼でもうな丼でも、かまわないのだ。その、「どっちでもよさ」は変人レベルで、結婚相談所でも「誰でもいい」と言っていたし、まあそれは「わたしでいいと言ってくださる女性なら」と但し書きがあったけれども、あらゆる行動に「どっちでもよさ」が反映されており、言い換えれば「こだわりのない、おおらかな性格」と言えなくもないが、ひょっとしたら、ひょっとして、帰宅した時に別の女性が「おかえりなさい」と迎えても、「誤差の範囲内です」と受け止めるのではないかと思う。

亜子は唇をかみしめ、再び歩き始める。

とにかく百瀬は間違えられる星の王子さまなのである。

百瀬が喫茶エデンを気に入っているのは、味うんぬんではなく、「間違えられたことがない」からで、彼はそこになみなみならぬ信頼を寄せている。

愛する人は、間違えられたのだ。

間違えられて、逮捕されたのだ。

星のもとだからしかたない、とは、今度ばかりは思えない。

殺人事件ではないので、トップニュースになるほど世間を騒がせてはいないが、「弁護士が少女誘拐未遂」というワイドショー格好のネタは亜子の職場でも話題になっており、嫌でも耳に入ってくる。

亜子が百瀬太郎という弁護士と婚約したことは、職場では誰も知らない。会員と関係を持ってはいけないという社内規定があり、百瀬は元会員だからだ。彼は金が尽きて退会し、そのあと亜子は告白をしたので、ぎりぎり規定違反ではないのだが、彼に合わない人ばかりを紹介し、縁談を妨害したのは事実だし、「ルール違反をした」という自覚がある。

そう、ルール違反してでも手に入れたかった初恋の人なのである。

必死の思いで同居にこぎつけたのに、まさかの逮捕！

しかも少女を誘拐？

亜子は夜道を歩きながら、胸苦しさに押しつぶされそうになる。

少女誘拐事件だなんて、ぞっとする。

疑われただけで嫌だ。

正直言えば「殺人の疑い」のほうがマシだ。それくらい、嫌で嫌で嫌だ。

春美にはああ言ったが、亜子は揺れていた。

百瀬はロリコンなのだろうか。

まさか誘拐などしないだろうが、少女を好む傾向があるのだろうか？

結婚相談所に提出されたプロフィールを思い浮かべる。

家族欄は母のみ、資格は法曹資格のみで、自動車免許も持っていない。趣味は方言比較研究、そのほか、学究系の趣味をぎっちりと書いてきたが、「こういうのは女性に受けません」とアドバイスして書き直させ、「読書と映画鑑賞」におさまった。

百瀬はいったいどういう人なのだろう？

初恋は？　おつきあいした人はいるのだろうか。

将来を約束した仲なのに、何も知らない。好き過ぎて、知ったつもりになっていた。

百瀬のことは、どのページを開いても誤字のない『広辞苑《こうじえん》』のように信頼していた。

わが家が見えてきた。

暗い。灯りがついていない。玄関は閉まっている。鍵を開けて中へ入る。

暗い。

灯りをつけてリビングへ行くと、春美も美亜もいない。

テーブルに置き手紙があった。「美亜が熱っぽいので、帰ります」と書いてある。

ああ……。

スマホをバッグの底に入れっぱなしだった。百瀬からの連絡を待ちすぎて眠れなくなるので、電源を切っていた。起動したら、春美からいくつもメッセージが入っていた。

〈美亜、熱発！　帰ります〉

〈無事帰宅。病院行こうとしたら熱下がってる　笑笑〉

〈テヌーと遊んでコーフンして熱くなっただけかも〉

〈お騒がせしましたっ！〉

亜子は〈おだいじにね〉とメッセージを返し、デパ地下惣菜がどっさりと入った袋をキッチンの床に置き、へたりこんだ。

「どうしようかな、こんなに」

手を洗う気になれない。うがいをする気になれない。ただただへたりこむ。

「春美ちゃん、なんで帰っちゃったのよう」

言葉を発しても、しーんとしたままだ。テヌーはキッチンの隅でうずくまり、三白眼で亜子を睨む。百瀬が帰らないので機嫌が悪いのだ。「あんたかよ」という目をしている。

亜子は、もう耐えられない、と思った。

笑顔で仕事を続けることも、ひとり暗い家に帰るのも、ひとりで食事をとるのも、百瀬を信じることも。

できそうにない、と思った。

ピンポーンと呼び鈴が鳴った。

「春美ちゃん？」

亜子は走った。勢い余って玄関のたたきに落ち、膝をしたたか打った。よろよろと立ち上がり、ドアを開けると、そこには大福徹二《てつじ》がむすっとした顔で立っていた。

「おとうさん……」

連れて帰る気だ、と咄嗟《とっさ》に思った。

大柄な徹二のうしろから敏恵が顔を出した。

「亜子〜」

「おかあさん……」

「ぬか床のお手入れ、ちゃんとしてる?」

「は?」

「ぬか床よ、おかあさんが分けてあげたやつ」

「………」

「入るぞ!」

徹二は大きな声で宣言すると、ずかずかと部屋へ上がり込んだ。テヌーが「シャーッ」と威嚇する。とたん、徹二のくしゃみが始まった。猫アレルギーなのだ。


三人で食卓を囲んだ。

敏恵がこしらえてきたちらし寿司《ずし》と、亜子が買ってきたデパ地下の惣菜で、祭りのように賑《にぎ》やかな食卓だ。テヌーにも食べられそうな魚やササミを分けてあげたら、喜んで食べている。

亜子は懐かしい味に舌鼓を打つ。

「おいしい、おかあさんのちらし寿司」

「デパ地下のお惣菜って、色が綺麗ねえ」と敏恵は感心している。

「おかあさんのごはんのほうがおいしいよ」と亜子は言う。お世辞ではなく実感だ。

徹二はむすっとしながらもがつがつと食べ、「かあさんが、ぬか床が心配だってうるさく言うから」と訪れた言い訳をし、おもむろに立ち上がると勝手に冷蔵庫を開け、「ビールがない」と不服を述べた。

「あの男、酒を飲まないのか」

「うん」と亜子は言う。

「わたしが好きなサングリアならあるよ」と言うと、「男がそんな甘い酒飲めるか」と言って、席に戻った。

徹二の「男だ」「女だ」といった昭和な発言も、今日は耳に心地よい。

亜子はひさびさにゆったりと食事をとり、ゆるやかな気持ちになった。普通ってすばらしい。これが家庭だし、家族というものだ。三人は戸籍上も家族だけれども、紙一枚で表現しきれるものではない。こういう家庭を自分も作りたいと思っていた。作れるものだと思っていた。

食事を終えると、母はぬか床の手入れをしながら、「くれぐれもちゃんとしてよ。毎日ね」と釘《くぎ》をさされた。

わたしをここに置いてゆく気？　亜子は不安になる。

「泊まってく？」と尋ねると、徹二は「大黒柱の不在時にそんなことできるか」と吐き捨てるように言う。

「そろそろ帰るぞ、かあさん」

徹二は立ち上がる。

「え？　帰っちゃうの？」

亜子はあわてた。

父は迎えに来たのだと思った。「婚約解消。一緒に帰るぞ」と言うと思った。

徹二はどんどん玄関へ行ってしまう。

「おとうさん、待って」

亜子は追いかけた。

徹二は靴を履き、振り返って亜子を見つめる。

「まさかお前、あいつを疑ってるんじゃないだろうな？」

亜子は足がすくんだ。

徹二は探るような目で亜子を見つめる。

「世界中が敵になっても信じる。それが夫婦というものだ。お前にその覚悟があるのか？」

亜子の頭の中をさまざまな言い訳がぐるぐると巡った。

「あいつのことは好かん！」

徹二はきっぱりと言う。

「長年思い描いていた婿のイメージとは全然違うぞ。髪は変だし、理屈っぽいし、おべんちゃらも言えんし、何考えてるかわからん。とまどうことばかりだ。今度のことだってそうだ。あいつはほんとに油断できない。さっぱりわからん。わたしの頭では理解できんのだ」

亜子の目から涙がぽろぽろとこぼれた。亜子もわからないのだ。

「でも、ひとつだけわかっていることがある」

徹二は手を伸ばし、太い親指で亜子の頬をつたう涙をぬぐった。

「あいつは正しい」

亜子はハッと息をのんだ。

「お前が一番わかってるはずだ。お前がとうさんに教えてくれたんだからな。あいつは曲がったことはしない。そこだけはわかる。そこだけしかわからん。だからまあ、周囲にいる人間は信じて待つしかない」

「おとうさん」

「わたしはあいつが大嫌いだが、あいつを選んだお前のことは天晴《あっぱ》れだと、感心していたんだぞ。がっかりさせるな」

徹二はそう言い捨てて出て行った。

敏恵も靴を履き、真っ赤な目をした娘を見て言う。

「百瀬さん、きっとあなたが実家に帰ってると思ってるわよ。男に見くびられたら駄目。見せつけてやりましょうよ。女の底力を。どーんと構えてここにいて、百瀬さんが帰ってきたら、何食わぬ顔でおかえりって言ってあげなさい。そしておいしいぬか漬けを食べさせてあげなさい」
　敏恵も出て行った。
　亜子はその夜ひさしぶりにおだやかな気持ちで布団に入った。
　父が触れた頰を自分でも触れてみる。子どもの時以来だ。あのがさがさした感触。
「子どもの涙をぬぐう指だから親指っていうんだな」
　まぶたを閉じた途端、睡魔に飲み込まれた。

第三章　嘘

「出来心だったんだ」

ごま塩いがぐり頭の中年男は静かに語り始めた。

「深夜に学生たちが大騒ぎしててさあ……毎晩毎晩うるさくてさあ……眠れなくてさあ……おいらノイローゼってやつだったんだと思う」

「眠れないのは辛いですよね」

百瀬が言うと、男は下を向き、はなを啜《すす》った。男の目の下には青あざがあり、唇が切れたあとのかさぶたが剥がれかかっている。

男も百瀬も仲良くグレーのスウェットスーツを着ている。

ここは警察の留置場である。三人部屋で、いわゆる雑居房。本日は満室御礼《おんれい》だ。

雑居房は軽犯罪で暴力性の低いものが収容される。

百瀬は正座をして、ごま塩頭と向き合っている。男はあぐらをかいている。もうひとりは若者で、横になって片肘をついている。

「お住まいはどちらですか？」と百瀬は尋ねた。

「高田馬場《たかだのばば》の駅前ロータリー」

「ロータリーで寝られますか？」

「寝るのはガード下。終電のあとは静かだから」

「いつからそこにお住まいに？」

「十四、五年になるかなあ。前は静かだったんだよ。終電のあとはね。終電を待ち侘《まわ》びて、静かになったら寝るんだ。ところがさあ、最近の学生はさあ、深夜に板遊びするんだ。ほんと、かなわない」

「おっさん、スケボーも知らねえのか」と横になっていた若い男が口を出す。

「スケボー、そうだ。スケボーだ。最近、言葉が出てこなくなっちゃってさ。教えてくれてありがとな、兄ちゃん」

若い男はバツが悪そうにまばたきをした。

百瀬は「あなたの年齢はおいくつですか？」と尋ねた。

「五十までは数えてたんだけど……いくつだろ？」

「出来心で何をされたんですか？」

「その夜はばつぐんにうるさかった。奴ら荷物をロータリーの植え込みに置いて、あの、あの、なんだっけ」

「スケボー」と若者が補足する。

「そうそれ、スケボーしてるんだ。植え込みにあったリュックをひとつ盗んだ」

「なるほどリュックを盗んだ。盗みはよくしますか?」

「いつもはしないなあ。だって、技術がいるでしょう? ロータリー仲間にプロのすり師がいて、やりかたを教えてくれたけど、小難しくてさ、おいらにゃ無理だと思ったよ。あんなに頭がよかったら、なんで家がもてないのか謎だったね」

「盗みは初めてですか?」

「十年くらい前に落ちてた財布拾って、交番に届けないで、中身使っちゃった」

「それは窃盗ではなく、遺失物横領ですね」

「え?」

「盗みとは言えません」

「そうなの? なら、おいら、罪がふたつあるな。今度の盗みと、前の、遺失なんとか」

「遺失物横領罪は三年で時効です」

「もういいの? やったァ」

「反省すべきですが、いったん忘れましょう。今はどうやって暮らしをたてているんですか?」

「毎日アルミ缶拾いをやってる」

「なるほど、労働されているんですね」

「一日で五百円にはなるからさ、その金で、閉店間際のスーパーで値引き品の弁当を買うんだ。ペットボトルのお茶だって三日にいっぺんは買うよ。ちびちび飲んで、減った分は公園の水道の水を足して、一日お茶が楽しめる」

「なるほど」

「仲間にはさ、スーパーでひとつ買うたびにこっそり二、三こは何か盗《と》ってくるって奴もいるけど、おいらはしないよ。買ったぶんしか持ち出さない」

「偉いですね」

「難しいからだよ。技術がいるんだ」

「なるほど」

「さいきん自販機にペットボトルが増えて、缶が減ってきたから将来に不安はあるよ」

「そうなんですね」

「それにみんな行儀が良くなったよね。空き缶はリサイクルボックスに捨てる。あれやられると、おいらたち、困っちゃう。道端にぽいぽいほかしてほしいよね」

「リュックを盗むのに技術は要らなかったんですか？」

「簡単だったよ、奴ら板遊びに夢中だからね」

「もうしないでくださいね」

「するもんか、痛いもん」

男は青あざにそっと触れた。

「そもそも金が目当てじゃないし。荷物がなくなれば、奴ら困るだろ？　そうしたら、もうここで騒がなくなると思ったんだ。その、あの、あれ」

「スケボー」と若者はアシストする。

「そうそれ、スケボー。あれやめてほしくて、困らせてやりたかっただけなんだ」

「それでリュックはどうしました？」

「開けたよ。中にはタオルとか、パンツ。あと、ノートと本もあったな。大学の教科書かな。高田馬場のロータリーで遊んでるのはエリートだって聞くよ」

「財布はありましたか？」

「なかった。そういうのはさすがに身につけてるんじゃない？　あるなんて思ってもみなかった」

「じゃあ金銭は入ってなかったんですね」

「それがさ、あったんだよ。びっくりした。白い封筒に三万円入ってた。ぴんぴんした綺麗なお札が手紙と一緒にね。さとるへって書いてあった。おいらと同じ名前でびっくりしたよ。天国のかあちゃんからの手紙だと思って正座して読んだ」

「なんて書いてありました？」

「正月にも彼岸にも帰ってこないから心配だって書いてあった。勉強たいへんだねと書いてあった。無理しないでおくれ、これはかあちゃんのへそくりだ、とうちゃんには内緒だよと書いてあった。栄養あるものをしっかり食べて、睡眠をたっぷりとって、体だけはだいじにしておくれと、書いてあった」

「そうですか」

「おいらカーッときた。かあちゃんはさとるをこんなに心配しているのに、さとるは夜更かしして遊びまくってろくに寝てないし、おかげでこっちのさとるも睡眠とれずにノイローゼになって生まれて初めて盗みを働いた。さとるのかあちゃんたちふたりをうらぎってしまった。ぜんぶさとるのせい。あっちのな。なにやってるんださとるは。あっちのな。頭にきて、翌日の深夜、ロータリーで叫んだんだ。さとる、出てこいって」

「へえ。やるじゃん、おっさん」

さきほどの若者はもう横になってはいない。話がききたくて前のめりになっている。

「したら、なんていうの、あれ、とうもろこしみたいな黄色い髪がこう、巨大なマリモみたいにまーるく爆発したにいちゃんが、おいらに近づいてきて、ドロボーはお前かって言いやがる。だから言ってやったよ、そっちは睡眠ドロボーだってね。リュックを投げ返して、言ってやった。かあちゃんが苦労してためた金をまんまと盗まれて、何やってんだコノヤロー。その金でうまいもん食って、夜はおとなしく寝て、勉強しろコノヤローってさ」

「ふへえ」

あちらこちらから感嘆のため息が聞こえる。近くの独居房や雑居房の被疑者たちも彼の話に聞き耳を立てているのだ。

「あっちのさとる、おいらの胸ぐら摑《つか》んで一発がつんと」

「殴られたんですか?」と百瀬は問うた。

「ああ」

「それで? やり返しました?」

「おいら無理。非暴力主義なんで、それはできない相談」

「非暴力主義?」

「ああ、落ちてる新聞や雑誌を読むのが日課なんで、そういう言葉は頭に入ってる。カタカナ言葉は苦手だけど、漢字は強いぜ。外で暮らしている人間は社会と二十四時間接してるんだから、時代に遅れちゃならないだろ。日々是《これ》勉強」

　こっちのさとるは笑った。

目撃者が一一〇番してすぐに警察がかけつけ、あっちのさとるを暴行罪で逮捕したと言う。

「おまわりがおいらに大丈夫ですかって声かけてきた時、あっちのさとるが、そいつは泥棒だ、そいつを逮捕しろって叫んだものだから、おまわりがああ言ってますがとおいらに聞いて、それはほんとって認めたら、おいら、逮捕されちまったの」

「ばかだなあ、おっさん」と若者は笑った。

「なんで認めたんだよ。リュックは本人の手にあるし、しらばっくれればいいのに」

「え、おいら、失敗したの？」

「そうだよ、ドジったんだ」

百瀬は「いいえ、正直に認めたのはよかった。警察の印象をよくします」と言った。そして「念のために確認ですが、逮捕歴はありますか？」と尋ねた。

「初めてだ」

「だとすると、不起訴になる可能性が高いですね」

「不起訴って何？」

「起訴されない、つまり、厳重注意の上、罪を問われずに釈放されるということです」

百瀬は詳しく説明した。

「こっちのさとるさんは、あっちのさとるさんおよび仲間がたてる騒音で何日も眠れなかった。深夜に遊ぶのをやめてほしかった。その動機によって、荷物をいったん隠し、ここは深夜遊ぶのにふさわしくない場所だと伝えたかった。リュックを盗みましたが、金銭を盗む目的ではなかった。ところが金が入っていたので、翌日には返しに行った。窃盗目的ではないという動機の正当性を裏付ける行為です。金だけではなく、リュックごと返した。結果的には何も盗んでいませんし、睡眠不足で正常な判断ができなかったことが情状酌量されるでしょう。何より現場で罪を認めた。そこが大きく影響します。初犯だし再犯の恐れもないと判断され、釈放されるでしょう」

留置場は一気に安堵の空気に包まれ、「ほーう」という感嘆のため息があちらこちらから聞こえた。

「よかったな、おっちゃん」などと声も上がる。

ひとりの男が非情に処罰されることなく釈放されるという道筋に、みなが自分の明日に希望を持ち得たのだ。

「俺はどうなる？」と声が聞こえた。

姿は見えないが、隣室の独居房からのようである。

「どなたですか？」と百瀬は問うた。

「あっちのさとるは、どうなるかってこと」

なるほど先に逮捕されたのはあっちのさとるだ。暴力をふるったため、独居房に入れられているのだ。

「どうなるのか言えよ」

若い声は不安といらだちで震えている。

百瀬はごま塩頭に尋ねた。

「こっちのさとるさんに伺います、殴られたところは痛いですか？」

「ああ、これ？　うん、まだ痛いけどさ、でもまあすぐに治ると思うよ」

「目は見えますか？」

「もともと老眼きてるし、前と変わらない」

こっちのさとるは立ち上がり、屈伸を始めた。

「うん、骨はどこも折れてない」

「それはよかった。こっちのさとるさんに怪我がないので、あっちのさとるさんは傷害罪ではなく、暴行罪となります」

「どういうことだ？」という声があちらこちらから聞こえる。

「罪は軽くなります」

「俺は罪になるのか！」

独居房からいらだった声が聞こえた。

「なんでおっさんは無罪で、俺に前科がつく？　おかしいだろ？」

あっちのさとるは独居房のアルミドアをガタガタさせている。

するとこっちのさとるが百瀬に異を唱えた。

「そうだよ、なんであっちのさとるが罪になって、おいらが無罪なんだ？」

みながしーんと聞き耳を立てている。

「おいらが盗んだのが先だ。先に手を出したほうがいけないだろう？　学校の先生も、かあちゃんも、そう言ってたぞ。先に手を出したほうにゲンコツ、だったぞ」

百瀬は言う。

「先とあとということでしたら、あっちのさとるさんは騒音による睡眠妨害をこっちのさとるさんに働いていたわけです。騒音も暴力と言えます」

「納得いかない」とこっちのさとるは言う。

「おいらのかあちゃんは死んじまってるから、おいらがどうなったってかわいそうじゃない。けど、あっちのさとるのかあちゃんはまだ生きてて、手紙によると、なんだっけ、旦那の親を介護しながら畑仕事もしてるみたいだぜ。そんな中で、息子が東京の大学でがんばってると信じて期待してるんだ。正月に会えないのをあのクソガキが勉強してるんだって、信じ込んでさあ。板遊びしてるなんて、疑いもしねえでさあ。その上、年寄りをぶんなぐってブタ箱入りだなんて。あっちのかあちゃん、絶望するぜえ。生きてるかあちゃんを苦しめるのが法律かい？」

百瀬はぴしりと言った。

「被疑者の親族の思いと量刑は関係ありません」

百瀬の鋭い口調に、留置場内は静まり返った。

「身寄りのない被疑者を厳罰に処し、身内のいる被疑者は処罰を免れる。そんなことがあってはなりません。法のもとの平等に反します」

しーんとした空気に留置場は包まれた。さきほどは希望の光を見たが、今はみな罪を犯すことの重みを感じているのだ。家族がいるもの、いないもの、友人がいるもの、いないもの、みなそれぞれに思いを馳《は》せた。

やがて独居房から細い声が聞こえた。

「おっさん、ごめんな」

あっちのさとるだ。

「もういいさ。おいらもごめんな」とこっちのさとるが応えた。

「リュック盗ったりして悪かった。かあちゃんの手紙入ってるなんて知らなくてさ」

留置場内は再び静まり返った。

百瀬は言う。

「あっちのさとるさん、こっちのさとるさん、お互いに許すということで、いいですか?」

「いいよ」とこっちのさとるは言い、あっちのさとるも「うん」と言った。

「では、お互い許すということで、合意が得られました。これで示談は成立したことになります。どちらのさとるさんも反省し、陳謝しましたので、今回はどちらも不起訴になるでしょう」

「え?」

留置場内はざわついた。

「どゆこと?」「不起訴って何?」

百瀬は確信を持って言う。

「おふたりとも厳重注意の上、釈放されるでしょう」

「やったー、よかったなあ!」

留置場内に歓声が沸き起こった。複数の独居房、雑居房から拍手が鳴り響き、鳴り止まない。ふたりのさとるはスタンディングオベーションに応えるように、立ち上がり、両手を挙げた。

「静かに！」

留置所の職員が叫んだ。

警察署の留置場を管理するのは留置担当官である。警察官の職務のひとつで、一定の研修を受けてから配属される。

署内では昔から「担当さん」と呼ばれ、特別職のような位置づけにある。

刑事が高齢で外回りがしにくくなると、担当さんに配属されたりする。また、刑事に昇格する直前の若者も、経験として担当さんに配属される。年配と若者がふたりひとくみとなって任務につく。

担当さんは互いに名前は呼び合わず、「一の一」「一の二」などと数字で呼び合う。被疑者に名前を覚えられて逆恨みされる危険を避けるためだ。

留置場では被疑者のことも数字で呼ぶ。やはり個人情報配慮のためだ。

警察の留置場に拘束されている者たちは、基本的には起訴される前の被疑者だ。起訴されたあとも、拘置所が混んでいた場合、留置場に留まることもある。どちらにしろ、刑が確定される前の人間なので、体は拘束されるものの、刑務所よりも人権的配慮はされる。

と、一応そうなってはいるのだが、担当さんの、特に年配のほうの意識によって、留置場の居心地は大きく左右されるのが実状だ。

本日の担当さん一の一と一の二は、留置場の騒ぎを収めて事務室に戻った。

若いほうの一の二は不満げだ。

「七十八番、独居房に移しましょうか」

一の一も七十八番に頭を悩ませている。

「しかしなあ。独居房は傷害罪や暴行罪の被疑者で埋まっているからなあ。雑居房で暴力沙汰でも起こったら、始末書ものだしな。七十八番のような人間を独居房に入れたら」

「独居房がもったいないですよね」

「そういうことだ」

「でも、さっきの聞いてましたよね。あんな法律相談やられたら、被疑者に知恵つけられて、取り調べがやりにくいじゃないですか」

「ううむ」

一の一は長年所轄の刑事課にいた。凶悪犯を相手に昼夜を問わず走り回っており、激務だった。

一年前、被疑者を追っている最中、高所から転落し、片足が不自由になった。長いリハビリを終え、しかたなく担当さんになったが、まだ慣れてはいない。悪人ばかりを相手にしてきたため、被疑者すべてをまずは疑ってかかる癖がある。奴らは保身のために嘘をつき、時には暴力をふるい、更生しているように見せかけては、約束を破る。

甘い顔を見せてはいけない。あなどられたら負けだ。被疑者には厳格に接することを信条にしているし、後輩にもそう教え込む。

今回、弁護士が勾留されたのは、ひじょうに意外で、新鮮ですらあった。

被疑者同様、弁護士もゆだんがならない存在だ。一の一は長年の経験から、弁護士を凶悪犯と同様に警戒している。やつらは金のためには黒を白と言いくるめる。警察の人間よりも総じて頭が切れるため、せっかく検挙した悪人を社会に解き放ってしまう。再犯しても責められるのは警察で、弁護士たちは知らぬ存ぜぬだ。

「裁判所が決めたことでしょ」と、知らんぷりをする。

弁護士だって時には罪を犯すが、まずは逮捕されない。法を熟知しており、警察の動きも把握しているので、するりと身をかわしてしまう。

ところが七十八番はつかまった。

かなり驚いた。

おめおめと逮捕された挙げ句、得意のはずの弁論を封鎖して、十日間の勾留をまともにくらった。とんだまぬけがいたものだと、はじめは笑っていた。

初日から奇妙だった。

雑居房に入る時、「百瀬と申します、よろしくお願いします」と被疑者たちに挨拶をしたのだ。

たいていの人間は逮捕直後はショックでうつむいているか、怒りでむすっとしているか、やたらと言い訳をわめきちらすかだが、百瀬は違った。平常心で、しかも、名乗ったのだ。

みな名前を隠す。そのための番号だ。

取調室では黙秘するのに、雑居房では個人情報を平気でさらす。

その後のふるまいもほかの被疑者と違っていた。

食事、歯磨き、排泄《はいせつ》などの順番や、消灯時の布団の出し入れなど、百瀬はすべてにおいてほかの人間に譲り、時には手伝い、自分をあとに回す。

絶望してつっぷしている被疑者を励まし、「歯を磨きましょう。虫歯になったらやっかいですよ」と励ましたりしている。

被疑者と接する時も、警察官と接する時も態度は変わらず、飄々《ひょうひょう》としている。その落ち着きのあるたたずまいが関心を惹《ひ》き、被疑者のひとりから「お前、何者だ?」と聞かれて、「弁護士です」とこれまた正直に答えた。

すると被疑者が「実は俺」と打ち明け話を始め、百瀬はそれに真摯に応えた。はじめはかたくなだったほかの被疑者たちも、「次は俺」「次はボク」と話し始めた。逮捕されたあと、どうしたらよいのか、これからどうなるのか、家族と会えるのかと、相談は多岐に亘《わた》り、百瀬は被疑者のもつ権利をこと細かに説明した。

「言いたくないことは言わなくていい。みなさんには黙秘権があります」

「嘘つくと不利になるだろ?」

「嘘をつくのではありません、黙るのです。嘘をつきたくなったら、黙る。黙ることで不利益にはなりません。これは法律で保障された権利です。わたしたち被疑者のほとんどは法律の素人です。取り調べをする人間は法律のプロ。素人には武器が必要です。それが黙秘権です。取り調べの時に警察側はこの権利についてみなさんに告知する義務があります」

「そう言えば、そのようなことを言われた」と言うものや「俺は言われてない」「つかまったばかりで動揺して聞いてなかった」などと言うものもいた。

「安心してください。ひとりで戦う必要はありません。誰でも弁護士に相談できます。お金がなくても大丈夫。当番弁護士は初回は無料。ぜひ頼んだほうがいい。当番弁護士。覚えておいてください」

逮捕された夜から雑居房での無料法律相談が始まった。

百瀬は二日の留置のあと、いったん検察庁に身柄送致された。その日の留置場は火が消えたように暗かった。即日、勾留が決まり、舞い戻ってくると、拍手で迎えられた。

そしてまた相談を受け始めた。

ほかの留置担当官も、「七十八番は変」と言っていた。一の一は警戒した。一の二が言うように、「取り調べが困難になる」と身構えたのだ。とはいえ、犯罪件数が増え、留置場は満室に近い。せっかくの温厚被疑者を独居房に入れる余裕はない。

取り調べは刑事課が行う。彼らは担当さんに対し、上から目線だ。一の一はつい一年前まであちら側にいたので、ヒエラルキーは認識している。「警察にいて担当さんなんぞやってるのかよ」と見下していた。

取り調べで支障が出たら、怒鳴り込まれることは必至だ。

「おっす」

刑事課の同期がやってきた。

やれやれ。とうとうきたか。一の一は覚悟した。

同期は疲れ切った顔をしている。自分もそうだったので、珈琲をふるまった。とにかく刑事課は忙しい。昼も夜もない。人生を国家に捧《ささ》げたようなものだ。

同期は珈琲を味わいながら「なあ、成瀬《なるせ》」と言った。

ここは事務室で、被疑者には聞こえないが、名前で呼び合うことは久しくなかったので、はっとした。

自分は一の一ではなく成瀬なのだ。この仕事でミスをしたら、成瀬という警察官がミスをしたことになる。そのことに気づき、みぞおちがきゅうっとちぢこまる。

同期はぼそっとつぶやく。

「最近、被疑者たちが変なんだ」

やはり黙秘権を使いまくっているのだ。成瀬は慎重に言葉を選ぶ。

「留置場では特に変わったことはないが」

「そうなのか？」

同期は成瀬の顔を覗き込む。

「俺らはホシを心理的にゆさぶって、口からぽろっとこぼれた言葉を拾って、調書をこしらえる。それが仕事だ。まずこっちでストーリーをこしらえる。ストーリーを裏付ける言葉をホシから引き出せばいいんだ。しかしなあ、最近、ゆさぶりが効かない。やつらここぞという時に黙秘権を使いやがる。するとこっちは参考人を増やして証言を集めるしかない。するとな、別のストーリーが見えてくる。それをホシにぶつけると、反応がある。何より、ホシが嘘をつかなくなった。黙秘は面倒だが、嘘はその何倍も面倒だ。ホシが正直になると、こっちも腹を割って話せる。そうしてこしらえた調書は検察でひっくり返らない。やりやすくなった。なにしろホシの感情が安定している。ひょっとして留置場の壁紙でも変えたのかと思ってな」

「壁紙なんて」

「変えてないよな、担当さんが替わっただけだ」

同期はわざとらしく声をひそめた。

「お前、ひょっとして一服盛った？　まっとうになる薬か何か」

そう言って、同期は豪快に笑った。

成瀬は笑えなかった。まっとうになったのは警察のほうかもしれないと感じたのだ。

同期は言う。

「足を悪くして腐ってると思ったら、やっぱすごいなお前。どこにいても結果を出す男だ」

褒め言葉を置き土産にして、同期は出て行った。

成瀬は隣で黙っている崎岡《さきおか》を見る。一の二ではない、崎岡だ。

成瀬はぼそりと言った。

「褒められちゃったな」

「ですね」

「このまま黙秘するか」

「しましょう」

崎岡は満面の笑みを浮かべ、からになった珈琲カップを流しで洗い始めた。

後輩の笑顔を見るのは初めてだと成瀬は気づいた。

あらためて一週間を振り返る。

留置場の雰囲気ががらりと変わった。それはもう、壁紙が変わるほどの、そう、まさに心理的壁紙が変わったのだ。

百瀬と被疑者たちのやりとりを聞いていると、ハッと息を呑《の》む瞬間が何度もあった。法の自由さ、可能性に驚かされる。

百瀬の言動は一風変わっているが、秩序がある。

公平という秩序に矛盾がない。

自分は今まで相手とフェアに向き合っていただろうかと成瀬は考える。

百瀬太郎。シロだと成瀬は踏んでいる。

おそらく刑事たちもシロだと思っているが、巡査が逮捕してしまったし、逮捕の経緯は間違っていないので、やすやすと釈放できない。とっとと「やってない」と供述してほしいのだが。

足が悪くなる前に会いたかったと思ったが、今、一番必要な出会いだったかもしれないと思い直す。

被疑者ひとりひとりに過去があり、未来があり、彼らをとりまく人々がいるのだという当たり前に気づかされた。

成瀬は「日本一の担当さんになってやろう」と心に誓う。

百瀬が一刻も早く釈放されてほしい気持ちと、もっと同じ空間にいて学びたいという気持ちがせめぎあう。

電話が鳴り、受付から連絡が入った。

「七十八番に弁護士の接見希望？　わかった。面会室に通してくれ」

成瀬は百瀬を迎えに雑居房へと向かった。

沢村透明は百瀬を見るや否や、叫んだ。

「なんでそんなものを着ているんですか！」

アクリル板の向こうの百瀬は警察から貸し出された被疑者定番の服、つまりグレーのスウェットスーツを着ている。沢村の目には囚人服にしか見えない。

留置場は私服が許されている。とはいえ、自殺防止のためボタンや紐《ひも》やベルト等は禁止で、もちろんスーツは不可。沢村は「百瀬はほかの被疑者と違う」と誇示したくて、ブランドもののTシャツとサマーセーター、およびパンツを差し入れておいた。

なのに百瀬は囚人服で接見に現れた。

「差し入れた服、気に入らないんですか？」

「そういうわけでは」

「苦労して選んだんですよ。ネットで買おうとしたら、あの子が新宿伊勢丹じゃなきゃだめって言うから」

「あの子？」

「正水直」

「そう」

「あの子、やけに新宿伊勢丹にこだわるから、詳しいのかと思ったら、初めてだって。ぼくだって初めてだ。ふたりでフロアで迷ったし」

沢村はその時のことを思い出し、恥ずかしさに震えた。

「とにかくがんばって選んだのです」

「面倒をかけてしまったね。ここを出たら大切に着させてもらうから」

「ここを出たら？」

沢村のこめかみに青筋が立った。

百瀬は「制服効果って知ってる？」と言った。

「心理学ですか？」

「そう。身につけているもので心理状態は変化するし、他人の評価も変わる」

「まさか、スタンフォードの監獄実験を検証してるんですか？」

沢村はつい、キツい言い方をしてしまう。

あきらかにニコチン不足だと自覚している。

左野家で正水直にニコチンパッチを貼られ、効果があるわけないと馬鹿にしていたが、その時は不思議と落ち着いた。意外と効くものだと感心し、その日の帰りにドラッグストアでしこたま買い込んだが、風呂に入る時に気づいた。

なんと、腕に貼ってあったのは、白猫の顔のシールだったのだ。

ニコチンパッチではなく、人気アニメ『猫ノオトシモノ』の「ゆるり」という白猫キャラクターのシールが貼ってあった。

正水直に騙《だま》された。プラシーボ効果で一時的に禁煙に成功してしまったのだ。

くやしかったが、面白くもあった。

それまで沢村は自分に自信があった。論理的で現実主義だという自信があった。なのに、あんなまじないもどきにひっかかってしまった。

その後は毎日ゆるりシールを貼っている。シールはネットで購入した。くやしいので正水直には内緒だ。もちろん、禁煙の志などなく、吸えるときはばかすか吸っている。ただ、今は百瀬の代理で動いているので、人と会う機会が多く、ゆるりシールに依存中だ。

今日も貼ってきた。平気なはずなのに、いらつく。百瀬にいらつく。

百瀬太郎という男は遠くで見ている分には感じがよいが、近くにいると、なんでこうもいらいらさせられるのだろう。

「こんなところで監獄実験を試している場合じゃないでしょ？」

半世紀前にアメリカのスタンフォード大学で行われた監獄実験。

人に役割を与えると、心理にどう影響を与えるか。それを見極める実験だ。

心理学会に衝撃を与え、今も語り継がれている。

一般人を募集して、看守役と囚人役に分け、それぞれに制服を着せて監獄の生活を再現させた。看守役は囚人役に当然厳しい態度で接する。やがてその行為はエスカレートし、ルールにない厳罰を与えたり、暴力まで加えるようになってゆき、囚人役は精神に異常をきたし始めた。にもかかわらず、主催者の心理学者は研究にのめりこんでしまい、止めようとしなかった。実験に関わった牧師が家族に連絡して中止を訴え、実験は六日目に中止となった。

たったの数日で、人は与えられた役割にはまりこみ、本来の自分を失うのだ。

百瀬は「実験の検証じゃないよ」と言う。

「わたし自身は心情に変化はないのだけど、制服効果はたしかにあるみたい。だってみんなフレンドリーに接してくれるんだ。同じ服を着ると、心の垣根がなくなるんだね。私服の被疑者よりも、同じ服を着た被疑者の方がしゃべってくれる率が高いんだ」

沢村は寒気を感じた。

「先生、ほかの被疑者たちと口をきいているんですか？」

「寝起きを共にしているんだからね。最初に入ったのが六人部屋で、同じ服の人が三人いて、まずその三人と話すことができた。そのうち私服の人も話すようになって、全員と話せたよ。今は三人部屋なんだ。隣の部屋の人とも話せるよ」

「まさか法律相談なんてやってませんよね？」

「左野さんの庭は、見てもらえた？」

百瀬がいきなり本題に入ったので、沢村はわれに返った。そうだ、仕事を進めなくては。百瀬の服に動揺して、意識が逸れてしまった。

「少女の靴が見つかりました」

沢村は庭で拾ったピンク色の靴をアクリル板越しに見せた。

百瀬はそれを真剣に見つめて「持ち主は？」と尋ねた。

「確認したら、左野家のものではないです。あの少女の靴だと思います」

警察は少女の名前を非公表にしている。沢村もまだ少女の名前を特定できていない。

「違うよ、あの子のではない」と百瀬は言う。

「サイズが違うと思う。悪いけど、町内の家を回って、持ち主を探してくれないかな」

沢村はなぜそんなことをと思ったが、「わかりました」と言った。

それから調べたことを伝えた。

左野家にはその後、変わったことはないが、近所では以前から妙なことが起こっていた。

座敷童が出たという家、化け猫騒動もあった。

「左野家のはすむかいのYさん宅には、七十七歳無職の男性がひとりで住んでいます。夕方、二階から子どもの足音がした。Yさんが二階に行ってみると、誰もいない。そんなことが何回かあって、そのことを千葉に住む息子さんに電話で相談したが、信じてもらえなかった。病院に行ったほうがいいと言われたそうです。息子にボケたと思われたと感じ、Yさんは憤慨し、子どもは実在する、おそらく座敷童だ、座敷童がいることを証明して息子の鼻をあかしてやろうと思い、二階に菓子を置いてみた。でも、菓子はそのままで、なくならない。Yさんは次に金を置いてみた。すると金はなくなった。やはり座敷童はいるのだと、うれしくなって、お小遣いをあげ続けた」

「そう」

「Yさんはそれを息子に伝えた。座敷童は実在する、置いた金がいつもなくなっているからと。すると息子さんがやってきて、財布やカードを取り上げられてしまい、Yさんはお金を置けなくなった」

「ちょっと待って。Yさんは食事とかどうしているの？」

「息子が宅配便で生活に必要なものを送ることにしたそうです。息子の妻もときどきYさん宅を訪れ、食事を作ったりするようになって、Yさんは生活が賑やかになってちょっとうれしそうでした」

「それはよかった」

「よくありません。お金を置かなくなったら、郵便受けに警告文が」

「警告文?」

「逮捕されたくなかったら百万円用意すること」

沢村は預かってきた警告文を百瀬に見せた。

「実際にはお金を取られてはいません。千円だって自由にならないのに、百万なんて」

「左野家で起こったことと酷似しているね」

「はい」

「それはいつ頃のことかな」

「時期は重なっているんです。ヒマラヤンが左野家にいた時期です」

「今は?」

「今は足音がしないようです。息子に直接話が聞けましたが、親父《おやじ》はさびしくて幻聴が聞こえたんじゃないかと言ってます。警告文については、子ども向けのアニメに警告文が毎回出てくるらしくて、文章もそっくりで、近所の子どものいたずらじゃないかと言ってました」

「なるほど」

「次に化け猫騒動ですが、時期はヒマラヤン事件より前になります。左野家から二百メートルほど北にある私立保育園で、深夜に巨大な猫が徘徊《はいかい》しているというデマが流れたんです」

「巨大な猫？」

「ＳＮＳです。近くを通りかかった学生がスマホで写真を撮ってツイートしたのです。深夜の保育園で化け猫発見という言葉と画像をツイートしました。実はその画像に化け猫は写っていないんです。深夜の園庭が写っているだけです。しかも、ブレていた。なのに、拡散されたんです。さすが化け猫、文明の利器をかいくぐるねとか、こいつアタオカだとか、ツイートした人間を揶揄《やゆ》する言葉を添えて拡散されたんです」

「ずいぶんと厳しいね」

「叩くのって流行《はや》ってるんです。揚げ足取るゲームみたいなもので」

「そう」

「本人のアカウントにアクセスして事情を聞いたら、酔っていて手元がブレたけど、ほんとうに見た、巨大な猫だったというのです。ぼくは疑ってますよ。嘘とは言わないけど、酔っていたのなら、ジャングルジムが猫に見えてしまったとか、そういうことではないかと。ツイートの拡散で保育園は特定されました。園の保護者たちが不安に思い、夜中に不審者が侵入しているのではないか、防犯態勢を強化してくれと園に訴えたところ、園は施錠を徹底し、防犯カメラを設置すると約束したそうです」

「その後、防犯カメラに不審者は写っていたのかな」

「実はその防犯カメラ、ダミーなんです。園長に話を聞いたところ、予算に余裕がない。とりあえず園長のポケットマネーでダミーのカメラを設置したそうです」

「その保育園の全体がわかる画像を見せてもらえる？」

沢村はタブレットでＧｏｏｇｌｅマップを開き、保育園を鳥瞰《ちょうかん》できる画像を百瀬に見せた。拡大し、すみずみまでふたりで確認する。

「もしも猫が滑り台の上にいたら、街灯の光が斜めに当たって、影が大きく見える可能性がある」と百瀬は言う。

沢村も同意見だ。

「猫は高いところが好きなので可能性は大きいですね」

百瀬は「サングラスの女性を探してほしい」と言った。

「サングラス？」

「左野家にヒマラヤンを引き取りに来たサングラスの女性」

「えっと、ちょっと整理させてください。まず、少女です。左野家に猫を引き取りに来た少女と、百瀬先生を誘拐犯だと言った少女は同一人物ですか？」

「おそらく」

「だったら、サングラスの女性は母親ですよね。少女に証言させるのを拒んでいる」

「それはどうかな」百瀬は首を傾げる。

「左野さんは親子と思ったみたいだけど、おそらく違う」

「根拠は？」

「警察は少女の名前と家族の情報を公表していないし、もちろんわたしにも教えてくれない。でも取り調べの時にヒントをもらった」

「取り調べの時に？」

「黙秘すると、取り調べの回数が増えるんだ。自白を引き出すためにあれやこれや誘い水を向けてくる。少女の母親は夜遅く仕事から車で戻ったそうだ」

「ああ、はい、それはぼくも聞きました」

「だからサングラスの女性とは別人だ」

「どういうことですか？」

「左野家を訪ねてきたサングラスの女性は視覚に障害のある人だと思う」

「え？　そんなこと左野さん言ってませんでしたよね」

「左野さんは気づいてないけど、足が悪そうだったとおっしゃった。そう見えた根拠は説明できなかった。おそらくサングラスの女性は杖《つえ》を持っていたのでしょう。左野さんはその日は雨が降りそうだったとも言ってました。曇っているのに、サングラス。おそらくは視覚に障害がある方でしょう。世の中は以前より便利になって、視覚に障害があっても、アクティブに行動できます。でも、車の運転はできません」

「なるほど」

「自動運転の技術が確かなものになったら、可能になる日も来るでしょう。でも今はまだ運転免許は取れない。少女の母親は車を運転するので別人です。なぜ少女はサングラスの女性といたのか。どういう関係なのか知りたい。左野家の近くにいくつか公民館があるはずです。そこで、視覚障害者が参加しそうな会がないか、調べてもらえますか」

「わかりました。女の子の靴の持ち主と、サングラスの女性を探します。それから、百瀬先生、ほかの依頼についてはどうしますか？」

百瀬は急に不安そうな顔をして、うつむいた。こんなに気弱そうな百瀬を見るのは初めてで、沢村はむしろほっとした。留置場にいるのだ。気弱でなくちゃいけない。

百瀬はうつむいたままぼそぼそと言った。

「ここに入る前に十七の依頼を抱えていたんだけど、キャンセルされずに残っている案件はあるの？」

百瀬は自分の立場を自覚しているようだ。

「キャンセルはありません」と沢村は言った。

百瀬はハッとして顔を上げた。

「実は、あらたな依頼もあるんです。今なら空《す》いてると思ったらしい。今、百瀬法律事務所は二十一の依頼を抱えているんです。左野さんも引き続きお願いしたいと言ってます。『週刊ぷんすか』が百瀬先生の実名を出したのに、ですよ」

「そう」

「みんな待ってます。先生を信じて待っているんです。そもそも、いったいなぜ黙秘したんですか？」

「…………」

「ぼくは聞く権利があると思います」

面会室は静まり返り、音のない時がゆっくりと流れた。百瀬は迷っているように何度かまばたきをしたあと、ようやく口にした。

「助けてって」

「え？」

「あの子、助けてって言ったんだ」

「ええ、少女は助けを求めたんですよね、警察に」

「違う。あの子はわたしに言った。助けてって」

沢村はしばらく黙っていた。じっくりと考え、確認した。

「でもそのあと少女は警察の質問に誘拐されたと答えたんですよね」

「うん」

「警察の捏造《ねつぞう》ですか？」

「違う。あの子が嘘をついた」

「嘘？」

「うん」

「虚偽証言ですか」

「子どもの嘘だよ」

「嘘はただださなくちゃいけないでしょ？　子どもならなおさら。間違いは間違いだと」

「そうかな？」

百瀬の目に非難の色はない。少女への非難も沢村への非難もない。

沢村は自分の言葉を反芻した。すると、杓子定規《しゃくしじょうぎ》なつまらない意見に思えて、急に恥ずかしくなった。もっとマシな、よい言葉をと必死で探したが、見つけることができない。

「子どもの嘘ってすごいと思わない？」と百瀬は言う。

沢村は黙って耳を傾ける。

「幼い頭であたらしい物語をこしらえて、その物語の中でたったひとりで生きるんだ」

百瀬は静かに語り続ける。

「心細いと思う。武器は自分の嘘だけだ。あの子はがんばっている。弱いものから武器を奪ってはいけないと思うんだ」

沢村は自分の過去を振り返った。二見が医療訴訟に関わっていた時、沢村はある親子を救うために、カルテを改ざんして病院側に罪を着せようとした。改ざんは沢村がこしらえた嘘だ。それを百瀬が見破って、未然に防いだ。企てを邪魔されたわけだが、気持ちは楽になった。嘘は愛からついた。愛からついた嘘だが、追い込まれた。

百瀬は目を閉じた。

「正直は楽だよ。まわりと同じ物語を生きるんだから」

「ええ」

「でも、」と言って、百瀬は目を開けた。

「助けて。あれは嘘じゃない。あの子はわたしに助けを求めた」

「先生が救いたいのはその子なんですか？」

「助けを求めたんだから、わたしの依頼人だ。弁護士は依頼人の利益を守らなくてはならない」

「あの子の利益って何ですか？　嘘に合わせることですか？」

「それは違う」と百瀬は言った。

「依頼人の要求通りにするのが依頼人を守ることではないし、弁護士には社会正義を実現する使命がある」

「じゃあ、あの子の利益って何ですか？」

「何だろう？」と百瀬は言った。

沢村はやっとわかりかけてきた。百瀬は今、長考しているのだ。棋士が最善手を打つためにあらゆる選択肢を脳内でシミュレーションするように、彼は今、少女にとって何が最善なのか、考えている。上を向いてはいない。前頭葉に空気を送って思いつくことではないのだ。

「こんなところにいて、あの子を救えるのですか？」

「だから沢村さんに動いてもらってる」

「でも、少女には近づけません。警察は少女の情報をくれません。氏名も住所もわからない」

「巡査が動いてる」

「巡査？」

「わたしに手錠をかけた警察官だよ」


岸本幸介《きしもとこうすけ》は盲学校の門をくぐり、受付を済ませると、応接室で待つように言われた。

訪れるのは初めてだが、事前に電話を入れておいたし、身分証代わりに警察手帳を見せると、すんなり入れてもらえた。

ほっとすると同時に、国家権力の権威を思い知らされる。

非番の日に警察手帳を携帯するのは禁じられている。いくらでも悪用できるからだ。本日初めて禁を犯した。少し、怖い。

非番なので私服だ。白いシャツに焦茶色のネクタイを締めてきた。

子どもの頃からの夢だった警察官。採用試験に合格した時、女手ひとつで育ててくれた母からこのネクタイをもらった。自分の服は近所の量販店で買うのに、息子のネクタイのために新宿の伊勢丹まで出かけたと誇らしげだった。

警察の制服のネクタイは貸与される藍ねず色か紺ねず色と決まっているので、残念ながら今まで出番がなかった。成人式にと思っていたが、式は毎年荒れるため警備に駆り出されて、参加できなかった。本日初めて身につけている。母に見せてやりたい。

高校を卒業して警察学校へ入るとすぐに警察手帳と手錠を貸与された。

この時、岸本はびびった。経験も知識もないのに、いきなり巡査という肩書きを与えられる。社会的には司法警察職員と認められ、逮捕権も与えられるのだ。

そこから長い研修期間に入る。全寮制の警察学校で十ヵ月の初任教養を終えると、警察署で三ヵ月の職場実習、再び警察学校に戻って初任補修教養を三ヵ月。警察学校を卒業したあとも、警察署で実戦実習を五ヵ月。計二十一ヵ月の研修を終えてから、配属が決まるのだ。

岸本は晴れて交番勤務となり、一年と四ヵ月が経った。まだ二十一歳。ひよっこなのに、うっかり現行犯逮捕をしてしまった。

その男はいかにも不審だった。どくろのTシャツを着て、髪は乱れており、あやしい見た目だった。少女は「助けて」と二度叫び、こちらへ走って来た。

巡回パトロールでペアを組んでいた巡査部長の金子《かねこ》かなえが少女を受け止め、岸本にアイコンタクトを送ってきた。職務質問をして足止めしろ、の合図だ。

不審者に逃走されると広範囲に警戒の網を広げなければならない。近隣住民にも外出自粛など注意を促さなければならない。逃走中に傷害事件でも起こされたら、責任を問われる。とにかく足止めをし、場合によっては確保。それが鉄則だ。岸本は経験値が低いため、鉄則に頼るしかなく、不審な男に鉄板の職務質問をした。

「失礼ですが、どちらへ行く予定ですか？」

「住所や氏名がわかるものをお持ちですか？」

返事はなくて、耳を押さえていた。聞くものかという反抗的態度に見えた。

背後で金子が少女に「どうしたの」と尋ね、少女から「誘拐された」という証言を引き出した。親告罪が成立すると咄嗟に判断、現行犯逮捕に踏み切った。

手錠をかけた瞬間、誇らしさに胸が躍った。

タクシーの運転手から被疑者の遺留品を受け取り、本部へ連絡、パトカーを二台要請し、金子が少女と同乗、岸本は被疑者と別のパトカーで署へ向かった。

後部座席で被疑者の横に座った岸本は、被疑者の遺留品を確認し、上着の襟に弁護士バッジを発見。

背筋がぞくりとした。

弁護士は警察にとって要注意人物で、犯罪者より扱いにくいと先輩たちから聞いている。犯罪者が弁護士の場合、その何十倍も扱いにくいに違いない。

誤認逮捕と訴えられるかもしれない。弁護士は訴訟のプロだ。法を駆使して徹底的に潔白を証明してくるだろう。何より不気味だったのは、被疑者の態度だ。落ち着いていて、静かだ。静か過ぎる。

誤認逮捕にされてしまうのではなく、ほんとうに誤認逮捕だったら？

青ざめていると、被疑者がささやいた。

「逮捕の手順は間違ってないと思います」

岸本はハッとして、被疑者を見た。こちらを見て微笑んでいる。おそるおそる前の座席を見ると、上官たちには聞こえていないようだ。

いくらひよっこでも、逮捕した相手から慰められるなんて、恥ずかしい。しかし恥ずかしさより、安堵が勝った。法律のプロから間違ってないとお墨付きをもらえた。

署に到着してパトカーを降りる時に、被疑者は岸本にだけ聞こえるようにささやいた。

「あの子をよく見てあげて。頼みます」

その時は何を言っているのかわからなかった。しかし、翌日、ペアを組んだ金子巡査部長から「あの子の親、証言拒否してきた」と聞いて驚いた。

「娘を保護して送り届けてあげたのに、遅くに帰宅した母親はわたしの説明をろくに聞こうとせず、娘には二度と会うなとか、まるでこっちが誘拐犯みたいな態度」

金子は憤慨していた。

「われわれの逮捕の手順に間違いはないし、あとは本部に任せておこう。もう関わりたくない」と金子は言うが、岸本は百瀬の「あの子をよく見てあげて」が頭にこびりつき、眠れなかった。そこで個人的に調べることにした。

警察には住民の個人情報が保管されている。管轄内を一軒一軒訪ね歩いて、どの家に誰が住んでいるのか、家族構成などの情報を集めた巡回連絡カードなるものがあり、情報を手に入れるのはたやすい。

少女の名前は冬月《ふゆつき》るり、十歳。公立小学校の五年生に在籍しているが、半年近く通っていないようだ。母親は商社に勤めている。父親はいない。るりには双子の妹がいて、盲学校の寄宿舎に入っている。あかねという名だ。

だから本日、盲学校を訪問したのだ。妹のあかねかららるりのことを何か聞き出せるかもと考えた。

「お待たせしました」

応接室に現れたのは小学部の学年主任をしている太田《おおた》という女性教師だ。

保護者の許可なく児童と会わせることはできないと言う。

「たとえ警察でも、です」

きっぱりとした口調で、国家権力をものともせず、頼もしい。

岸本は太田を教育者として信頼できると思い、ニュースになった少女誘拐未遂事件の被害者は冬月あかねの姉のるりであることを打ち明けた。

「るりさんの証言が欲しいのですが、会わせてもらえません。事件そのものよりも、るりさんの成育環境が心配なので、妹さんから少しでも情報を得たいのです」

太田は何か思い当たるふしがあるのだろう、しばらく黙っていたが、ようやく「あかねさんは非常に聡明《そうめい》な子です」と言った。

「母親が愛情深く育ててきたのでしょう、ずっと通いだったのですが、半年前に寮に入りました。車での送り迎えは限界があります。ひとり親家庭なので、仕事との兼ね合いがありますからね」

「姉のるりさんに会ったことはありますか？」

「半年前まで毎朝車で一緒に来ていました。母親は運転席にいて、あかねさんを校舎の入り口までつれてくるのはるりさんでした」

「るりさんは靴を履いてましたか？」

「え？　ええ、履いていたと思います。記憶にありませんけど、履いてなかったら気がつきますよ。身なりはふたりとも申し分ないほどきちんとしていました。朝、通いの生徒が登校してくるのを教員は昇降口で迎えます。るりさんはあかねさんと腕を組んで、車から昇降口まで連れてきました。とても仲が良い姉妹です」

「快活なお子さんですか？」

「あかねさんは挨拶をきちんとします。るりさんはこちらと目を合わせないし、おはようと話しかけても、挨拶は返ってきませんでした。人見知りなのでしょう、そう珍しいことではありません」

チャイムが鳴った。

太田は「三限目の授業が始まります。校舎内を見学してみますか？」と言った。

校舎は思いがけず普通だった。盲学校ということで、何か特別な建築様式だったり、ものものしい設備が付いていたりするかと思ったが、岸本が通った小学校や中学校と全く変わらない。校内に点字ブロックはないし、手すりも普通学校にあるものと同じだ。

生徒たちとすれ違う時、太田は「こんにちは。これから音楽室？」と声をかけ、「先生、こんにちは。リコーダーやるんです」と挨拶が返ってくる。

すれ違う生徒たちは、まるで見えているかのように、すいすいと歩く。

「生徒たちは校舎の構造が頭に入っているので、校内では杖がなくても行動できます。風が通るところ、音が反響するところで、壁のあるなしもわかるんです」

校庭では中学部の生徒たちが体操服姿で短距離走をしている。ひるむことなく、のびのびと走っている。メガホンを持った教師の声で方向がわかるようだ。

最後に小学部五年生の教室に案内された。廊下の窓からそっと覗く。

「窓際の一番前」と太田はささやいた。

手足の細い少女がいた。低学年に見えるほど小柄だ。髪は顎のラインで揃えてあり、色素が薄いのだろう、茶色っぽくさらさらしている。肌の色は青白く、鼻筋が通り、きりっとした横顔だ。頭が良さそうなのに、体つきが妙に幼い。周囲の生徒よりふたまわりくらい小さく見えた。

冬月るりも華奢《きゃしゃ》だったが、あかねはもっと、さらに儚《はかな》く見える。双子だから顔立ちは似ているが、顔つきは違う。

岸本は、妖精みたいだと思った。神聖な存在に思えて、近づき難《がた》く、もし話せたとしても、情報を聞き出すなどできそうにない、と思った。

「ありがとうございました」と太田に言った。聞き込みはあきらめた、という意思表示だ。

太田は昇降口まで送ってくれた。

「実はわたしも少し気になってはいたんです」

太田は誰もいないのを確認して、話し始めた。

「あかねさんは二年前にこの学校へ入りました。それまで別の盲学校にいたのですが、その学校の教育におかあさんが満足できなくて、転校させたのです。あかねさんには高度な教育を与えたいとおっしゃっていました。その時もるりさんはあかねさんに付き添って、しばらくふたりで校庭を散歩していました」

太田は「個人情報なので慎重に扱ってくださいね」と断ってから、話を続けた。

「あかねさんは全盲です。生徒さんの障害についてはすべて学校として把握しておく必要がありますので、障害の経緯や状態を入学時に話していただくことになっています。おかあさんは体外受精で双子をさずかったそうです。高齢出産なので片方をあきらめたほうがいいと医者から言われたけれど、あきらめずに産んだのだそうです。ふたりともかなりの未熟児で、ひとりは全盲だった。そのことをおかあさんは、るりがすべての栄養をとってしまった、あかねにはかわいそうなことをした、という言い方をしたんです。それがどうも耳に残ってしまって。妊娠中や出産のトラブル、あるいは遺伝的要素で視覚障害を持って生まれた場合、たいていは親が責任を感じるものなので、珍しいなと思ったんです。お子さんの前ではさすがに言わないと思いますけど、母親のそういう考えはちょっとした態度に表れますし、子どもはそういうことを敏感に感じ取りますから」

「そうですか」

「それと、もうひとつ。初めてこの学校に来た時、おかあさんとるりさんが帰ったあと、あかねさんに、何か質問があったら、何でも聞いてねと声をかけたら、この学校は薔薇《ばら》の花で囲まれているのに、匂いがしない。造花ですかと言ったんです」

「薔薇？」

「るりさんがあかねさんにそう話したらしいのです。校庭はぐるっと薔薇の花で囲まれていて、校舎の中にはシャンデリアがあって、壁紙は金色だと」

「どういうことですか？」

「るりさんには虚言癖があるのではないでしょうか」

正水直は沢村の自宅マンションの呼び鈴を鳴らす。

反応はない。

もう一度鳴らしてみる。

鍵は持っているが、「いないときに入れ」と言われているので、三回鳴らして反応がなかったら鍵を使うことにしている。反応はあった例《ため》しがない。主はよく居留守を使うのだ。

三回目を鳴らして鍵を開け、中に入り、あれっと思う。

掃除機をかける音がする。

珍しい。沢村には生活感がなく、掃除機があることすら驚きだ。リビングへ行くと、エプロン姿の女性がぎょっとした顔をして、こちらを見た。

直は足がすくんだ。

女性ははっきりとした目鼻立ちの美人で、掃除機のスイッチを消し、立ちすくむ侵入者を仁王のように睨んだ。

「あなた、どなた?」

仁王は無遠慮に直をじろりじろりと見つめる。まるで絶滅したニホンオオカミに遭遇したかのように、物珍しそうに、かつ身構えながら観察する。年齢は七重くらいで、栗色の髪が肩のところでくるんと外側にカールして、モスピンクの上品なワンピースに身を包み、グッチのスリッパを履いている。エプロンもグッチだ。

ブランドに疎い直でもそのマークはわかる。創始者グッチオ・グッチのイニシャルＧＧをこれでもかとパターン化した商品だから。

これを身につける人の気が知れないと直は日頃から思っていた。大金を払って、作り手の広告塔になろうとする奉仕の精神が理解できない。

「事務所のかた？　ではないわね？　若すぎるし」

声は上品なアルトだ。

「おともだち？　透明のおともだちなの？」

その言い方から沢村の母親だと直は理解した。

「はじめまして」と挨拶をして、自己紹介をする。

弁護士を目指しています、お世話になっている弁護士さんの紹介で、沢村先生に教えを乞うています、沢村先生は自宅に法律関係の本が置いてあるので、自分の留守の時に出入りして読んでいいとおっしゃり、そういうわけでこうして（見せながら）鍵をお借りしていますと説明した。

初日にオフィスで「出て行って」と言われたことは割愛した。百瀬の留置騒ぎで学ぶどころではなくなり、実際にはふたりでバタバタ動いていているということも省いた。嘘ではない、守秘義務だ。弁護士っぽいふるまいだと自分に言い聞かせた。

仁王は聖母マリアに姿を変え、「母の文枝《ふみえ》です」と優しげに微笑むと、「就職活動ってたいへんねえ」と言う。

「インターンシップみたいなものです」と言ったら、「何？　インターンって」と不思議そうな顔をした。就職やら自活などと関係ない人生を送ってきた人のようだ。

こういう浮世離れした人から沢村のような息子が生まれるのかもしれない、と直は妙に納得した。腑《ふ》に落ちたら、お腹《なか》がぐう、と鳴った。

文枝はふふふと笑い、直の顔を覗き込む。

「カレーがあるけど、召し上がる？」

「ありがとうございます！」

朝から歩き回り、昼を食べ損なったので腹ペコだった。

三日間、子どもの靴の持ち主と、サングラスの女性を探し回り続けた。

沢村はすぐにへばるし、聞き込みが下手なので、効率が悪く、今日は直ひとりで歩いた。歩くのは得意だがさすがに足が攣《つ》りそうになった。それほど歩いた。人生で一番歩いたかもしれない。努力の甲斐《かい》あって二件とも収穫を得て、誇らしい思いで報告に来たのだ。しかし沢村は不在でがっかりだ。二見の仕事もあるので、新橋の事務所にいるのだろう。

文枝は一日かけて煮込んだというカレーを温めてくれた。

月に一、二回はここを訪れて、掃除をしたり、食料を補充しているのだそうだ。

直はおとぎ話を聞いているような気分だった。三十を過ぎた男がいまだに母親にあれこれと世話を焼かれていることに、呆れると同時に、それこそ、絶滅したニホンオオカミを発見したように面白く感じた。これも東京の普通なのかもしれない。

「座っててね」と言われたので、客のように、ただ、座っている。

タイハクオウムの杉山は本日はやけに静かで、リビングの隅にあるケージに自ら入り込んで目をつぶっている。文枝のことが苦手なのかもしれない。文枝が来るたびに掃除機のガーガーという騒音に悩まされているのだろう。凄まじい音だった。呼び鈴が聞こえないのも納得だ。

リビングの壁には大きな本棚があり、書籍がみっしりと詰まっている。ここはまだ常識の範囲内の書籍の量だが、一度のぞいた寝室は凄まじい量の書籍で埋め尽くされ、地震が起こったら沢村は死ぬだろうと思った。法律関係の本は室内のあちらこちらに雑然と置かれている。沢村の頭の中では本の中身が整然と収納されているのだろうが、現実の世界では、散らばり放題だ。

今日は過保護な母親のおかげですっきりと片付いたリビング。床も見えている。

テーブルには手作りのカレーと、手作りのナン、手作りのグリーンサラダが並んだ。嗅いだことがない香りが部屋に漂う。

「召し上がれ」

「いただきます」

鮮やかなオレンジ色のルーを恐る恐るひと口含む。

まず、太陽を感じた。

太陽の光をいっぱい浴びて育った真っ赤なトマトの甘みと酸味、かつ深みのあるバターのコク。チキンは口に入れた途端ほろほろとくずれ、そのほろほろとルーの甘みが口のなかでハーモニーを奏で、飲み込むと、舌の上にじんわりとスパイスの辛味が広がる。

もともとカレーは好きだ。父の作るじゃがいも入りの甘いカレーも、自分で作る魚肉ソーセージ入り節約カレーも好きだし、喫茶エデンのポークカレーは「東京で初めて食べたカレー」として、個人的に「東京カレー」と名づけてソウルフードの位置づけにある。

しかし目の前のカレーは全くベツモノで、飲み込むのが惜しいほどの旨味《うまみ》と、飲み込んだあとに鼻に抜ける芳醇《ほうじゅん》な香りに身悶《みもだ》えした。

おいしすぎる。家庭でこんなものができてしまうものなのか。

「これ、何カレーですか?」

「ムルグマカニよ」

「えっ、カレーじゃないんですか?」

文枝はのけぞるようにして、ほほほほと笑った。

「カレーよ、バターチキンカレーとも言うわね。わたしは昔からムルグマカニって呼んでいるの。嫁入り前にお料理教室で習ったのよ。当時はあまり知られてなかったけれど、最近ではカレー屋さんでもメニューにあるんじゃないかしら。お口に合う？」

「こんなにおいしいカレー、食べたことありません！」

父に悪いな、と思いながらも、心からそう思った。何せ言葉は口から出る。味わった張本人の口が正直に「おいしい」と叫んでいる。

「まあうれしい、落ち着いて召し上がれ」

文枝は微笑んだ。

直はあまりにもおいしくておかわりをした。ナンもサラダもすごくおいしい。おいしい以外の言葉でこねくり回す必要はない。ストレートにおいしい。

「そんなに好きなら、残りを持って帰る？」と言われ、心が揺れたが、沢村の分なのは明白なので、「息子さんにどうぞ」と遠慮した。

文枝は「あの子はねえ」と顔をしかめる。

「わたしが冷蔵庫に入れた料理を平気で腐らせて、レトルトカレーなんて食べるんだから。でね、あの子ったらゴミをね、いっしょくたにしてるから、わたしが来て分別するでしょ。すると、出てくるのよ。カップラーメン、レトルトカレー、もろもろね」

文枝はどこか楽しそうに、息子の愚痴をこぼし始める。

成績のいい子なのに、長いことひきこもりだった、子どもの学校生活を楽しく見守るという母親の喜びをわたしから奪った、でも、今はちゃんと社会人をやれているようだし、こうして若い人ともお友達になれたのだから、つくづくほっとしたと言う。

お友達ではないが、直は心をこめて相槌を打った。

はい、お世話になっています、とても助かってます、優しくしていただいてますと、絶妙に相槌を繰り出す。

するとと文枝は、息子の髪はいつもわたしが切っている、あの子の見た目はなかなかのものだ、もっとファッションに気を配ってほしい、そこらへんの俳優には負けていない、などと、どんどん息子自慢へと舵《かじ》を切ってゆく。

直は「とってもかっこいいです。映画スターみたい」と相槌を打った。とにかくカレーがおいしかったのだ。カレーを褒めるつもりで、沢村を褒めた。

「お店よりおいしいカレーです。すばらしい味です」と言うつもりで、「誰よりも立派な弁護士さんです。尊敬しています」と褒め称《たた》えた。

すると文枝は急に口をつぐみ、涙ぐんだと思ったら、今度はさめざめと泣き始めた。直はあわててティッシュを箱ごと差し出す。

文枝ははらはらと涙を落とし、はなをかむ。化粧は崩れなかった。意外なことに化粧をしていないのだ。口紅も無し、目元にも何もつけていない。大きな目で、まつ毛が長いが、シャドーもラインもつけまつ毛もマスカラもしておらず、素材そのものが綺麗なのだと直は気づいた。沢村は母親似なのだ。

文枝はハンカチで目を押さえたあと、真っ赤な目をして直を見つめ、「あの子のこと、よろしくお願いしますね」と言った。

直はハッとした。

カレーで気持ちが高揚してつい「かっこいい」なんて言ってしまったけれど、沢村にはやりにくさしか感じない。話が嚙み合わない。意見の一致は「互いに苦手だと思っている」のと、「百瀬を尊敬している」、この二点だけだし、弁護士資格を持っている沢村を手放すと、百瀬と連絡が取れなくなるので、我慢して関わっているのが実情だ。

百瀬が無事留置場から出てきたら、沢村に鍵を返し、百瀬には「沢村先生には教える気が全くありません」と正直に報告、できれば百瀬から直接学びたいとお願いするつもりなのである。

褒めすぎちゃった、シマッタ、と思った。

文枝はカレーのレシピをメモしてくれた。聞いたこともない香辛料を何種類も使ってあって、レシピを見ただけで経済的不可能を悟ったが、「ありがとうございます」とうやうやしくいただき、しっかり皿洗いをして、部屋を去った。

文枝は最後まで「よろしくね、またね」と言っていた。

グッチを身につける貴婦人が、トレーナーを着た自分のような若輩者に「息子をよろしく」だなんて。母親になるのって、なんてリスキーなことだろうと、直は歩きながらため息をつく。

あれほどの涙を見せられ、沢村のような息子を持つたいへんさをしみじみと感じた。自分は他人なので「やりにくいから、やーめた」を選択できるが、親だとそういうわけにはいかない。

そう考えたら、沢村に会いに新橋の事務所へ行くのが億劫《おっくう》になり、ふらりと喫茶エデンに入ってしまった。

入ってすぐにシマッタ、無駄遣いだと後悔したけれど、夕刻なので空いていて、居心地の良さそうな窓際の席が目に入り、吸い寄せられるように座った。

ウエイターが注文を取りに来たのでソーダ水を頼んだ。

しばらく見なかったウエイターがひさしぶりにいるので、ほっとした。辞めたのかと思っていた。

喫茶エデンにひとりで入るのは初めてだ。

水分ならアパートへ戻れば冷蔵庫に麦茶があるが、ふと、贅沢がしたくなった。文枝が書いてくれたレシピのメモを見直してみる。聞いたこともない香辛料の数々。バターの種類までが特定されているが、それも見たことがない名前だ。

沢村の顔が浮かぶ。

子どもの頃から家庭であんなに手の込んだ料理を食べて育ったのだ。不登校でひきこもりでも、同情なんか全然できないと直は思った。コンビニや近所のスーパーでは手に入らない食材が惜しげもなく投入されたカレーがおふくろの味の人もいるのだと思うと、お茶代くらいなにさと思ってしまう。ケチケチする気が失《う》せた。

直はスマホをリュックから取り出し、沢村にメールで今日得た情報を伝えることにする。東京に出てくるまではガラケーを使っていたが、受験勉強中にスマホに変えた。あまりに高くて身を切る思いだったが、自宅にパソコンがない直にとって、今やライフラインだ。

子ども用の靴の持ち主は、小学生がいそうな家を洗濯物や子ども用自転車を手がかりに一軒一軒訪ねて回り、どうにか見つかった。

左野家からかなり離れた、化け猫騒動の保育園の近所の家だ。小学校高学年の女の子と低学年の男の子がいて、洗った靴を庭に干しておいたら、女の子のほうだけなくなったと言う。靴を渡そうとしたが、「気持ちが悪いのでもう要らない」と、さわろうともしなかった。今、直のリュックにその「気持ちが悪い靴」が入っている。どこも破れてないのに、もったいないなあと思う。

サングラスの女性を探すのはもっとたいへんだった。

沢村が言うには、百瀬の推理によると、視覚障害のある白杖《はくじょう》の女性だということだ。視覚障害者が徒歩でとなると、行動範囲は限られる。左野家の近所の公民館や集会所で、視覚障害者が集まりそうなサークル活動が行われていないか当たってほしいと百瀬に頼まれたと言う。百瀬の頼みならがんばらねばならない。

左野家の半径一キロメートル内にある公民館は三ヵ所あり、どこも高齢者が利用するからデジタル化が進んでおらず、ネットで情報を得ることは難しく、やはり訪ね歩くしかなかった。

はじめの二日間はふたりで歩いた。

沢村は体力も人間力も根気もないため、直はたびたび歩く速度を調節しなくてはならず、重たいトランクを引きずるような不自由を感じた。しかし、彼は分析力や判断力、記憶力が優れているので、このトランクは高性能なコンピュータだと思い、がんばって引きずって歩いた。

一つ目の公民館は大小のホールがあり、スポーツ系のサークルの利用者が多く、視覚障害者の出入りはなさそうだった。

二つ目の公民館ではちょうどコーラスの会が開かれており、のぞいてみたが、サングラスに白杖の女性はいなかった。公民館の受付の人に尋ねたが、パッチワークの会や手話サークル、ちぎり絵や絵手紙の会が利用していて、視覚障害者の参加は難しそうだった。

三つ目の公民館では点字サークル『星のもと』があるという情報を得て、三日目にその公民館へ行ってみた。

沢村の疲弊が激しいので、直ひとりで行った。

受付で、『星のもと』は目が見える人が点字本を作成するサークルなので、会員に視覚障害者はいるかしら、と言われた。そう言われてみると確かにそうだ。がっかりしたが、ちょうど今、会が開かれているというので、のぞかせてもらった。

見学者は大歓迎だそうで、にこにこ笑顔で迎えられた。真面目そうな中年女性たちが七人、わきあいあいと点字を打っていた。

子どもが小さい時にＰＴＡ活動で出会ったママ友だそうだ。

どうして点字の勉強を始めたのか尋ねると、「ママ友に全盲の人がいたの。星さんと言って、みんなが嫌がる役員も率先してやってくれて、一年だけだけど、ＰＴＡ会長も務めてくれた。すごくいい人で、愚痴も言わないの。でもいろいろと不便だとこっちは考えるじゃない？　だって、目が見えるのが前提に社会ってできているんですもの。彼女が会長の間は、副会長がプリントの読み上げ係をしていたのだけど、学校の年間スケジュールは家でも見返せるように点字にして手元にあると助かるんじゃないかと思って、みんなで点字を勉強し始めたの。はじめてＰＴＡのお知らせを点字で打って渡した時、星さん、すごく感激してくれて、でも間違いだらけだったから、あれこれ指摘してくれたの」と言う。

感謝される喜びを知って、みんなは張り切った。みるみる上達し、点字を打つこと自体が楽しくなり、子どもが学校を卒業したあと、点字サークル『星のもと』を結成。

星は会員ではないが、アドバイザーとして時々参加し、ほかの視覚障害者や団体との架け橋になってくれていると言う。

こしらえた点字本は図書館や盲学校へ寄付しているのだそうだ。しかし年を重ねるうちに、親の介護だとかで抜ける人も出てきた。

「会員が減ると、補助金が削られちゃって、この部屋が借りられなくなるの。短期間でもいいから入らない？　若い人がいると活気付くから」と誘われた。

直は星という人物の情報が欲しかった。警察手帳か弁護士バッジがあれば聞けるのに、タダノヒトである自分に個人情報を聞き出すのは難しい。だから知恵をしぼる。

「点字、やってみたいです」と言ってみた。

すると、「仮入会してみない？」と言われ、分厚いファイルを開いて見せられた。

「これはサークルの日誌なの。本日の欄に、見学者として名前と電話番号を書いてくれれば、次の開催日に招待するわ」

直は、「では、書かせていただきます。字が下手なので、あっちのテーブルでゆっくり書かせて下さい」と言って、少し離れた席に移動した。

「若い子が入ってくれたらうれしいわあ」

会員たちはにこにこしながら、点字に取りかかった。

直はみなの目線が離れたすきに、ファイルを遡って見た。

すると、見つけた。

左野家にサングラスの女性が訪れた日に、ここで『星のもと』が開かれており、参加者の名前の中に「星」があった。さらにファイルを遡ると、名簿があり、星のフルネームと住所と電話番号が書いてあり、それをこっそり写し取った。

個人情報を盗み取ったことに、罪悪感は全くなかった。「サングラスの女性を探さねば」とそれしか頭になかった。

直は本日の欄に、迷った末、自分の名前と電話番号を正直に書き、「今日はありがとうございました」とファイルを返して公民館を出た。

その足で星の家を訪ねた。

インターホンで「『星のもと』サークルに入会希望のものです。アドバイザーをしている結子《ゆうこ》さんはいらっしゃいますか」と尋ねると、「わたしです」と言って、なぜか無防備にも玄関ドアを開けてくれた。インターホンごしに当日のことを聞き出せればと思っていたのに、あまりにも呆気《あっけ》なくドアが開いたのでびっくりしてしまった。

ほっそりとした女性で、髪をひとつにまとめてあり、サングラスをかけている。声が綺麗だ。玄関には白杖が立てかけてあった。

見えない相手を信じて、この人はドアを開けてくれたのだ。

直はふいに胸苦しさを覚えた。善意から生まれた『星のもと』の人たちを騙し、個人情報を盗んだ。あの人たちは次も直が来ると信じて、ファイルを見せてくれた。なのに嘘をついた。善意を利用した。

自分にぞっとした。百瀬のためだと必死になるあまり、百瀬とはかけはなれた行いをしてしまう。もう嘘はつきたくないと、直は思った。

「五月七日のことでお伺いしたいことがあるんです。『星のもと』に参加された日のことです。女の子と一緒に、左野家に行きましたか?」

「左野家?」

「はい。猫を引き取りに行きましたか?」

「ああ、猫ちゃんのことね」と星結子は微笑んだ。

「表札は読めないから、左野さんというお宅かどうかはわからないけれど、小さなお嬢さんに頼まれて、一緒に猫ちゃんを迎えに行ったわ」

「小さなお嬢さんとは、どういう関係ですか」

「知らないお嬢さんよ。あの日公民館に行こうとしたら、いつもの道に何かこう、レンガみたいな障害物があって、つまずきそうになって、杖を落としてしまったの。すると、誰かが拾ってくださって、手に握らせてくれたので、ありがとうと言ったら、お願いがあるんですと言うの。声で子どもだとわかった。聞いたことのない声でした。杖を拾ったり、手に握らせてくれたり、慣れている感じだったから、てっきりおとなだと思ったので、ちょっと驚いた。そのお嬢さんは、飼っている猫をほかの家にあずけていて、今日は引き取りに行く日なのだけど、インターホンのボタンに手が届かない。わたしの代わりにボタンを押して、猫を引き取りにきたと言ってくれないかというのよ。それだけやってくれればいいと言うの、あとは自分でできるからって」

「知らない子どもなんですね」

「ええ、今こうして説明すると、奇妙な話ですけど、わたしはあの時うれしかったんですよ。目が見えないと人のお世話になることが多くてね。家族は違いますよ。夫も息子も飯作ってくれとか、洗濯してくれとか言いますよ。夫や息子は目が見えますが、家事が雑で下手です。目が見えなくても、できることはいくらでもあるんです。目が見えないぶん慎重だし、磨き残しはてのひらの感覚でわかるんです。でもね、通りすがりの人からものを頼まれることってまずないんです。助けてもらうばかりなんです。人からお願いされるなんて滅多にないことなので、はりきって、やってあげました」

「どんなお嬢さんでした？」

直は尋ねておいて、シマッタと思った。見えないのだった。でも星結子はちゃんと情報をくれた。

「ドアが開いたら猫が飛び出してきましてね。あれは犬ではないわね、にゃーって鳴いてましたから。お嬢さんが受け止めた気配がしました。そのうちのかたは、ドアを開けた後は何もおっしゃらなかった。わたしは失礼しますと言って、お嬢さんと一緒に門から出ました。お嬢さんはわたしの手を彼女の肩につかまらせてくれて、わたしが知っている道まで戻ってくれました。目が見えない人間が一番ほっとする誘導法です。会話はなかったです。誘導は本当にじょうずで、身内に盲人のかたがいるのだろうと思いました。わたしは『星のもと』に遅刻しそうで急いでいましたし、すぐに別れました」

直は沢村に報告のメールを送り終えた。

サングラスの女性は少女の母親ではなかったし、左野家の庭に落ちていた子ども用の靴は別の少女のものだった。

たった二つの報告のために三日を費やした。スマホの万歩計によると、三日間で八万歩を歩いた。

目の前にクリームソーダが置かれた。

エメラルドグリーンのソーダ水にぽってりとしたバニラアイスの帽子。あふれるアイスクリームの汗がつーっとグラスの外側をしたたり落ちる。喉がごくりと鳴る。

カレーのあとのバニラアイスは最高だ。でも、頼んだのはソーダ水、三百七十円。クリームソーダは五百二十円。この差は看過できない。

ウエイターはツンとした表情でテーブルにナプキンを置き、その上に長いスプーンと紙袋に入ったストローを淡々と並べている。

エデンのウエイターは余計なことは言わずひたすら注文通りの品を届けてくれるプロ中のプロだと百瀬は絶賛していたが、間違えたではないか。百瀬にチクりたい。

ウエイターの冷たい表情に気圧《けお》されながらも、しがない浪人の身ゆえに、百五十円を受け止めることはできず、恐る恐る言ってみた。

「あのー、注文したのはソーダ水で」

ウエイターは一重のきつい目でちらっと直を見て、「失礼しました」と言った。ちっとも反省していない口調で冷たい表情のまま、「こちらのミスなのでソーダ水の価格で提供させていただきます」と言うではないか。

直は「やったぁ」と心の中で叫んだ。

ウエイターは付け足すように言う。

「それとも作り直しますか？」

「いいえ、このままで」直はあわてて言った。

ウエイターは何事もなかったかのように背筋を伸ばし、堂々とした姿勢でカウンターに戻った。直は伝票を見た。ソーダ水1と書いてある。伝票は合っている。どうして間違えたのか、かなり不思議だ。

今日は食に恵まれているな、と思いながらスプーンでバニラアイスをすくい、口に運ぶ。ああ、おいしい。

香辛料にさらされた舌を甘くて冷たいアイスクリームが優しく覆う。

子どもの頃、うたた寝をしていると、父がそっとタオルケットをかけてくれた。そんな優しい思い出が蘇《よみがえ》る。

クリームソーダを堪能《たんのう》していると、窓をどんどんと叩く音がした。

ハッとして見ると、大福亜子が手を振っている。

亜子は「そっち行っていい？」とジェスチャーで示すと、すごい勢いで店内に入ってきて直の前に座った。

「直ちゃんに会えてよかった！」と言いながら、カウンターの向こうにいるウエイターに向かって「ナポリタンひとつお願いします！」と注文をした。

直は亜子が意気消沈していると思って連絡を控えていた。思いのほか血色が良く、食欲もありそうで、ほっとする。

亜子はウエイターが持ってきた水をがぶがぶ飲み、「あの人、いつ出て来れそう？」と言う。

あの人という言い方にハッとした。ふたりはもう夫婦同然なんだと、しみじみと思う。少しでも良い情報を伝えたいが、嘘はつけない。

「直接会えてなくて、正直、よくわからないんです」

「直ちゃんも会えないの？」

「亜子さんは行きました？」

亜子は首を横に振った。

「野呂さんから、会うのは難しいでしょうって言われたの。警察に電話してみたけど、今はたとえ身内でも会うのは難しいし、戸籍上の他人だとなおさら無理だと言われた。犯罪者が仲間と連絡を取り合って証拠を消すのを防ぐためだと言うのよ」

「そうなんですよ」と直はうなずく。

「わたし、何回か直接行ってトライしたけどダメでした。検察と警察、両方から取り調べを受けているので、先生は留置場にずっといるわけじゃないんです。野呂さんなんて五回も行ったけど、会えなくて、いじけてます。会えるのは沢村弁護士だけです。沢村先生を通じて指示を受けて野呂さんやわたしは動いています。やはり弁護士資格持ってると強いんです。もしわたしたちが会えたとしても、警察官立ち会いだし、十五分ってしばりがあって、肝心な話はできません」

「でも顔くらい見たいじゃない。警察の立ち会いがあるなら、証拠を隠すなんて話はできないわけだし、会えないって本当なのかな」

「実はできなくはないらしいのです」と直は言う。

「百瀬先生の希望もあって、沢村先生以外とは面会しないことになっているみたいで」

沢村からそう聞いた時、直は悲しかった。沢村が優越感に浸っているように見え、嫉妬のような気持ちが生まれた。

亜子は「ちっ」と舌打ちをした。

「あの人は顔が見たいっていうこっちの気持ち、全然わかってないのよ」

たしかにそうだが、そうはっきりと言われてしまうと、少し庇いたい気持ちになる。

「百瀬先生は大切な亜子さんを巻き込みたくないんじゃないかなあ………」

「自分は巻き込まれて檻の中なのにね」と亜子は言う。

直はびっくりした。亜子が変わったように思えた。百瀬と生きていくには強くなるしかないのかもしれない。

「沢村先生からあの人の様子聞けた？　あの人、大丈夫なの？」

「それが全く元気で、いつもと変わらないらしくて」

「まいってないの？」

「全然平気みたいです。留置場では被疑者たちと仲良くなって法律相談なんかしちゃってるみたいだし」

亜子はふふっと笑って、「らしいね」と言った。

ナポリタンが置かれた。ケチャップの甘い香りがあたりに広がる。

フォークが二本、取り皿も添えてある。ふたりでシェアすると思われたようだ。取り皿を返そうとしたが、ウエイターはカウンターに戻ってしまった。

「直ちゃんもどうぞ」と亜子がフォークを差し出した。

「いいえ、わたしは。カレーを食べてきたので」

「顔色、悪いよ」と亜子は言う。

「疲れ切ってるふうに見える。窓の外から見て、やばい感じだったよ」

「…………」

「あの人のことで、勉強どころじゃないんじゃないの？」

「…………」

「直ちゃん見てたら、この子に栄養あるものとらせなきゃって、誰だって思うよ」

亜子は取り皿にナポリタンをたっぷりとって、直の前に置いた。そして「いただきます」と言って先にもりもりと食べ始めた。

甘い香りのナポリタンと、飲み掛けのクリームソーダ。

直は気づいた。ウエイターも、そしてたぶん沢村の母も、みな、自分を心配してくれたのだ。疲れている子に栄養を、って。

直はフォークを手に取り、ナポリタンをくるくると巻きつけて、口に含む。

おなかいっぱいなのに、おいしい。みんなの優しさが、おいしい。

亜子は直を見て微笑むと、ウエイターに向かって「わたしもクリームソーダ！」と追加注文をした。

「あの人に巻き込まれて疲弊しちゃだめよ」

亜子は自分に言い聞かせるように言った。

家で食事を作るのが面倒で、ほぼ毎日ここで夕食を摂っていると言う。テヌーは百瀬ロスで痩せたのに、自分は三キロも太ってしまったと、亜子は笑った。

「それもこれもあの人のせい」

直は思った。あの人呼びは百瀬に腹が立って、さん付けするのもしゃくにさわる、という意味でもあるし、「わたしは身内なのだ」という決意の表れでもあるのだ。

「出てきたらこてんぱんにしてやる」と亜子はつぶやいた。


百瀬法律事務所はただいま五匹の猫が爆走中。

フー、シャー、と叫びながら、二十本の足がけたたましい音を叩き出す。

五匹はすっかり野性を取り戻し、書類をなぎ倒し、珈琲カップに足を突っ込み、茶色い液体を撥ね飛ばし、真新しい襖に刀傷のような爪痕を残しながら暴れ回る。一匹は電気コードを徒競走のゴールテープのようにぶっちぎったため、パソコンはダウンした。

このような騒ぎはタイハクオウムの杉山が来た時以来だ。

野呂は口を半開きにしてぼーっと立ち、七重は床にへたりこみ、獣医の柳《やなぎ》まことは腕組みをして「ごめん……………わりい……………ごめん」とつぶやいている。

ことの起こりはまことが持ち込んだロシアンブルーだ。名前は銀《ぎん》。

飼い主は銀座の路地裏で『猫占い』という看板を掲げていた老婆だ。

少子化で廃校になった小学校から勝手に持ち出したデスクにクロス代わりの風呂敷を被《かぶ》せ、その上に銀を座らせて背中に手をあて、「にゃんたらかんたらにゃんにゃんぬう」と呪文を唱えたあと、猫のお告げと称してあーだこーだとしゃべる。

占いに訪れる人はたいてい欲しい言葉があって、それを相談という体でさりげなく事前に伝えるので、心理学の学位を持たぬ老婆でも、喜びそうなことをこれでもかと言ってあげることができる。

「あなたは間違っていない、あなたはあなたのままでいい」と耳に優しい言葉をなでなでするように語りかければ、客は気を良くして心付けをはずみ、『猫占い』はよく当たる」「銀は神の使いだ」と宣伝までしてくれるのだ。

老婆は心不全で急死し、商売道具だった銀は主を失った。

老婆はそこそこ儲《もう》けていたものの、銀座の飲食店をツケで食べ歩き、支払ったためしはなく、ごうつく婆さんと呼ばれ、銀座界隈《かいわい》では嫌われ者だったので、銀を引き取るものはなく、飲食店の裏口でにゃあにゃあ鳴けば残飯くらいはもらえるものの、弱っても医者に診せるものはいなかった。

四丁目の交差点にある老舗の時計店の前でぐったりしているところを店を訪れたフランス駐日大使に拾われた。

大使は母国フランスから愛犬を連れてきており、毎朝一緒に大使館に出勤している。ブリアードという種の大型犬にジョセフィーヌという亡き妻の名前をつけて、妻に話しかけるように、会話を楽しんでいる。最近ではフランス語を話せるようになったと大使はご満悦だが、職員には犬語にしか聞こえない。

ジョセフィーヌの訪問診療をするよう外務省を通じて頼まれた獣医の柳まことは、フランス大使館を訪れた時、大使から突然銀を託され、困惑した。

まことは「治療は引き受けるが、拾ったのはあなただ。拾った人が責任を持つのが筋だろう」と思ったし、「銀はすでに大使館にいる。ここはフランス領土で治外法権。銀はフランスの猫だ」と言いたかったが、ぐっとこらえた。

「銀座の一等地でぐったりしている猫を誰ひとり気にかけない、おかしいデスね日本」と、大使はひどく憤慨していたし、先進国にあるまじき動物虐待国だと思われかねない。たしかに日本は現状そういう国で、だからまことは殺処分ゼロ活動を続けているのだ。

ここで銀を「大使館で引き取れ」と言って外交に支障をきたしてはまずいので、しかたなく引き受けた。

世田谷のまこと動物病院で点滴により水分補給したら元気を取り戻した。銀座界隈は残飯は豊富だが飲み水は不足しているようだ。

まことは百瀬と違って、保護犬や保護猫を自分のところに引き取ることはしない主義だ。そこで思いついたのは「いったん百瀬にゆだねちゃえ」だ。

百瀬法律事務所にはすでに十一匹の猫がいる。十二匹になったところで、たいした違いはないし、ロシアンブルーならすぐに里親が見つかる。檻の中の百瀬に許可を取る必要もなかろうと、本日、いきなり連れてきたのだ。

野呂は「百瀬先生なら受け入れるでしょう」と納得したが、七重はあからさまに嫌な顔をした。

「百瀬先生が受け入れるタチだから、わたしたちが拒まなくちゃいけないんです。わたしたちはツバメじゃないんです」とまことに訴えた。

「ツバメなんて思っちゃいないよ。あいつら一日で三百キロメートルも飛び続けるんだぜ。七重さんには絶対無理」

話が通じないまことに七重はきちんと説明したかったが、「そもそも、なんだっけ、ツバメって」と自分の話の根拠を思い出せずにいた。

七重は文句を言いながらも受け入れるタチなので、とりあえず銀は事務所に放された。

それがまずかった。

銀は占い師と暮らしていたため、人馴《ひとな》れはしていたが、猫には馴れていなかった。興味津々に歳の若い三毛猫に近づいた。事務所が幽霊屋敷だった時にここで生まれたミケランジェロだ。普通は鼻と鼻を近づけて匂いを嗅ぎ合い、それが挨拶となるのだが、銀は猫のコミュニケーション法を知らず、いきなり頭突きをした。

ミケランジェロはびびって逃走し、銀は追いかけた。狩猟本能に火がついてしまったのだ。二匹の追いかけっこが始まり、それはもう野性そのもので、止めに入った七重は銀に胸を後ろ足で蹴飛ばされ、「あ〜れ〜」と叫んで尻もちをついた。

それをきっかけに、在住猫三匹が興奮して四方八方へ走り出し、いつのまにか銀は追いかけられる立場になり、びびりのミケランジェロは性格が一変してシャーシャーと牙を剝き、五匹の爆走劇となった。その他の猫七匹は恐れをなして二階へ逃げてしまった。

野呂はまことに訴える。

「どうにかならないんですか？」

「疲れたら終わるさ」

「どのくらいで疲れます？」

「銀は推定十二歳。人間で言えば還暦を過ぎているから、すぐにへばるはずだ」

まことの言葉に、野呂は傷ついた。

還暦なんてとっくに過ぎている。生物の専門家に「お前はもう体力がない」と烙印《らくいん》を押されたようなものだ。百瀬が沢村にばかり会うのは、弁護士資格を持つからだと思っていたが、ひょっとして、老人秘書への労《いたわ》りなのかもしれない。

野呂はひどく寂しい気持ちになった。駆け回る銀に「へばるな！　還暦！」と心の中で声援を送る。

しかしさすが獣医、まことの目は確かで、銀は早々におとなしくなり、野呂のデスクの下でうずくまった。あとの四匹はまだ暴れている。

「どうかしましたか？」

ひときわ若々しい声が部屋に響いた。

ひょろっとした青年が階段をゆっくりと降りてくる。胸にはベンガル猫を抱いている。

野呂はまことに「二階に住んでいる鈴木晴人くんです」と紹介した。

「ああ、よーく知ってるよ」とまことは不敵な笑みを浮かべた。

「獣医の柳まことだ。法廷で会ったよな？」

「はい」と晴人は消え入りそうな声で応える。

「あんたにはまったく苦労させられたよ」

まことはははと笑い、晴人は小さな声で、「すみませんでした」と言った。

まことはペットホテルたてこもり事件の解決に奔走したため、裁判では証人として法廷に呼ばれて証言をした。

裁判は判決を待つばかりとなり、晴人の勾留は解かれ、二週間前から事務所の二階で暮らしている。後見人はこの家の大家だ。

「どう？　ここでの暮らしは」

「よくして……いただいて…………ます」

「君、すごいね、猫がおとなしくなるフェロモンが出てるのかな、君が降りてきた途端、鎮まった」

野呂と七重は顔を見合わせた。そう言えば猫たちはすっかり落ち着き、くつろいでいる。野呂は我にかえり、書類を拾い始め、七重はこぼれた珈琲を拭き始めた。

「ねえ、君、うちでアルバイトしない？」とまことは言った。

「まだダメです」と野呂が口をはさんだ。

「百瀬先生の意向で、晴人くんにはしばらく休んでもらおうってことになっているんです。遊んだり学んだりする時間が必要だとおっしゃって」

「流行りのモラトリアムってやつか？　そんなもの必要？　判決が出るまで、せっせと働いていたほうが、気が紛れるんじゃないの？　いったい一日ここで何をしてるの？」

「朝ごはんは一緒に食べています」と七重が言った。

「ここで？」

「ええ、わたしと野呂さんと晴人くん、三人で朝ごはんをここで食べています。わたしが毎朝ここに来て、こしらえています」

「それ、百瀬先生が決めたのか？」

「わたしが決めました」

七重は胸をはる。

「まこと先生、誤解があるようですが、この法律事務所はボスの独裁制ではありません。すべて民主主義でものごとを決めています。晴人くんの受け入れにあたっては三人で話し合って決めたんです」

野呂は笑いをこらえた。この事務所はほぼ七重の独裁政権下にあって、百瀬も野呂も逆らえない。三人で家族のように朝食をとることも、百瀬は新婚なのではずすというのも、七重が決めた。ボスは留置場にいるので、ハナからはずれてしまったが。

「民主主義なら本人の意向も聞くべきじゃない？」とまことは言い、「おじさん、おばさんと朝ごはん食べるのって、どうよ？」と尋ねた。

晴人は遠慮がちにぼそぼそとしゃべる。

「ごはんを人と食べるの…………慣れてなくて」

まことはおどおどした若者の反応が楽しくてたまらない。

「それで、どうだ？　面倒じゃないの？　嫌だよね？」

「箸のもちかたとか…………違うって」

「いちいち注意されるのか。うるさいよな」

晴人は困ったような顔をして黙ってしまった。

「慣れなきゃだめ」と七重はきびしい口調で言う。

「家族は朝ごはんを一緒に食べるものよ。ひとりじゃダメなの！」

まことは笑いながら「家族じゃないじゃん」と言った。

「まあ、いずれ君も家族を持つかもしれないし、予行練習もいいけどな。家族って鬱陶しいものだから、いい勉強になるな、晴人」といつのまにか呼び捨てだ。

まことは今度は七重に向かって、「お宅の旦那さんはどうしているんだ？」と尋ねた。

「ひとりで食べてますよ。おとなはいいんです」

「そうかそうか。わかった。晴人はここでは子どもなんだな。で、朝ごはんは三人で食べる。それから二階で何やってるんだ？」

まことは晴人に聞いたのだが、七重がつけつけとしゃべる。

「食器の片付けをやってもらってます。彼、じょうずなんです。猫のトイレの掃除とか、えさやりもやってますよ。それから庭を今、整えているんです。木を切ったり、花を植えたりね。庭仕事は一緒にやっていますよ。おそろいの麦わらかぶって。あと、買い物もね、一緒に行ってます」

まことは呆れた。

「結局働かせてるのか」

七重はハッとして、「あ、ほんとだ」と言った。

「百瀬先生が労働はさせたくないって言ってたのに、いつのまにかせっせと働かせていましたよ。あらまあ。困ったこと」

七重はしばらく何か考えていたが、拳でぽんっともう片方のてのひらを叩くと、「これって百瀬先生が悪いんですよね」と言い出した。

「勾留期間、延長されちゃったじゃないですか。かれこれ二週間も呑気に檻の中に居座っているんですよ。もし百瀬先生がここにいたら、七重さん、晴人くんをもっと自由にしてあげてくださいと、わたしに注意していたはずです。わたしを止めなかったのは、百瀬先生のミスです。うん、そうだ、全部百瀬先生のせい」

まことは面白がって同意した。

「そうだ、全くあいつは無責任だ。晴人がやっと出てこられたのに、自分が檻の中に入っちゃうなんて！」

「そうですそうです！」

「あのー」と細い声がした。

晴人はおそるおそる手を上げて、「ぼく遊んでます」と言う。

七重は「そうなの？　いつ？」と尋ねた。

「みなさんが帰ったあと、暗くなってからです」

七重は青ざめた。

「夜遊びしているの？」

晴人はうなずいた。

「出かけてるの？」

「はい」

野呂は胸がざわついた。判決が下る前に夜な夜な出掛けて、それが裁判所に知れたら、判決に響く。晴人の弁護人の百瀬と、後見人になってくれた大家の千住澄世の顔が浮かんだ。百瀬の代理で晴人を拘置所へ迎えに行ったのは野呂である。責任重大である。二十四時間見守るべきだったかと、青ざめた。朝食を一緒に摂るのですら、やりすぎではないかと思っていた。うかつだった。

「どこへ行ったんですか？」七重と野呂の声がハモった。

「おむかいの、西岡《にしおか》さんち」

「おむかい？」またハモった。

「夜、西岡さんが迎えにきて」

「迎えに？」またまたハモる。

野呂は引っ越しの挨拶をしに菓子折りを持って西岡家を尋ねたが、インターホン越しに「ドアにかけといて」と言われ、顔を合わせてもいない。少し変わった人という印象だ。

「西岡さんはどんな人ですか？」

「どんな？」晴人はきょとんとしている。

「変なこと言われたりしませんか？」

「入る時に手をアルコール消毒するように言われます。でも一度だけです。次からは言われる前にするから」

「何回も行ったんですか？」

「三回」

「いったい何をしているんですか？」

「おいおい、尋問か？」とまことが口を出す。

「判決前です。大切な時なんです」と野呂は言い返す。

「執行猶予がつくかどうか、今、大事な時なんです。執行猶予がついたあとも、油断はなりません。われわれには彼を見守る義務がある。いや、義務じゃない。権利だ。いや、そうじゃない、見守りたいんです」

事務所内はシーンとした。

晴人がぽつりと言った。

「百瀬先生に頼まれたって言ってました、西岡さん」

「えっ、百瀬先生に？」

「はい。西岡さんちの二階にアマチュア無線の設備があって」

野呂はハッとした。

引っ越してきた時、おむかいの巨大なアンテナが目に入り、アマチュア無線だとすぐに気づいた。金がかかりそうで、踏み出せずにいるアマチュア無線。たぎる男のロマンを野呂は紙飛行機とバク転に向けていた。どちらも身のほどに合った趣味だ。

そうか、アマチュア無線か。野呂はほっとした。挨拶の時に出鼻をくじかれて以来、おむかいの巨大なアンテナが頭から抜け落ちていた。ボスは流石《さすが》だ、抜け目がない。

晴人は言う。

「あんな機械見るの初めてで。ぼく、びっくりしちゃって」

さもあろう、自分も見たい、仲間に入りたい、と野呂は思った。

「ぼくも勉強すれば資格を取れるって、西岡さんが言いました。あと、今度アニメを見せてくれるって。『猫ノオトシモノ』のＢｌｕ－ｒａｙを持っているって。特典映像、おもしろいって。行っちゃまずかったですか？」

「いいの、いいの」と七重は言い、野呂は「友達ができてよかった」と言った。

まことは「まるで親のセリフだな」と鼻で笑い、晴人に尋ねた。

「君、ここにいて、どう？」

「どうって…………」

「鬱陶しくない？」

「鬱陶しいって…………」

「ここの生活、どんな感じ？」

「感じ…………」

晴人は自分の心を探すように、しばらくまばたきをしていた。野呂と七重はあえて知らんぷりをして手作業を再開しながら、聞き耳を立てた。

やがて小さな、消え入るような声が聞こえた。

「朝がくるのが楽しみな感じ」

野呂はあわててデスクに座り、パソコンモニターに隠れて目をこすった。キーボードを打つふりをしたが、電源が落ちているので、デスクの下にもぐりこんで電気コードを探した。七重はキッチンに行き、鼻水をすすりながら、汚れていないシンクをたわしでこすり始めた。

野呂と七重は百瀬の帰還を願うのと同じ熱量で、晴人の人生に幸あれと願っていた。


深夜の留置場で、百瀬は布団の中から天井を見つめている。

廊下から差し込む薄い光。のっぺりと表情のない天井。すべて見慣れた。

今は四人部屋にいる。三人の寝息が聞こえる。今日もみんなとたくさん話した。

みんなが寝静まる消灯時間からが百瀬のプライベートで、頭を整理する唯一の時間だ。

逮捕されて二十一日が経った。最大留置期間二十三日まであと二日。

外へ出て、やらねばならないことがある。ここにいるからできることもある。早く出たい気持ちと、ここにいたい気持ちがせめぎ合う。

ここにいる人たちと接して、百瀬法律事務所を訪れる依頼人との違いに愕然《がくぜん》とした。どちらも困っているし、どちらも切実なのだが、「弁護士に相談しよう」と思って実際に行動に移せる人と、そうでない人の立場の差は大きい。

立場は歴然と違うのに、同じ人間だ。ちょっとしたことでくじけてしまうし、いくらでも強くなれる。ささいなことで人生は暗転するし、好転もするのだ。みなひとりひとつの魂を持ち、将来に恐れを抱き、生きている。根本はみな同じだ。

弁護士に相談する金がない人や弁護士の存在を思いつきもしない人たちがいる。みな法のもとの平等を保障されているはずなのに、全然、平等ではない。憲法に書かれてあっても、実際は機能していない。

これは大問題である、と百瀬は思う。

そもそも、裁判に金がかかること自体がおかしいのではないか。金があるほうが法のもとに優遇されるのは、憲法の基本理念に反するのではないか。

素通りしてきた当たり前が崩れてくる。どこから手をつけたらいい？

のっぺりとした天井は何も答えてくれない。

午前中に沢村と接見し、サングラスの女性は少女と面識がなかったこと、靴は百瀬の推測通り、少女のものではなかったと報告を受けた。

人と話すのが苦手な沢村に無理をさせたことを詫びると、正水直が粘り強く証言を集めて回ったらしく、「ほとんどあの子の力」と、沢村は彼女の功績を認めた。

夕食後には呼び出しがかかり、取調室に連れて行かれた。夜の取り調べは珍しいと思ったら、若い警察官がひとりで待っていた。百瀬を逮捕した岸本巡査だ。

「特別に許しを得た」と言った。担当警察官が配慮してくれたのだ。

報告を受けた。

少女の名前は冬月るり、十歳。公立小学校の五年生だが、半年近く通っていない。母親は商社に勤めている。父親はいない。るりには双子の妹がいて、盲学校の寄宿舎に入っている。あかねという。

母親は体外受精でふたりを産んだ。るりは未熟児で、あかねはもっと深刻な超低出生体重児で、全盲だった。

母親は「るりがすべての栄養をとってしまった、あかねにはかわいそうなことをした」と発言。そしてあかねの教育に熱心である。

るりは青色を表し、あかねは赤色を表す言葉である。母親はそれぞれに何を願って名付けたのだろう。

あかねは聡明で挨拶もしっかりしていて、一方、るりは人見知りで虚言癖がある。

双子はひじょうに仲が良い。

岸本巡査は警察の方針についても教えてくれた。

警察は母親に告訴するよう再三働きかけたが、終始一貫、母親は告訴を拒否し、るりを警察に会わせようとしない。告発どころか証言すらとれないので、親告罪である未成年者略取および誘拐未遂罪では起訴できないと検察は判断。近々百瀬は釈放される見通しだと言う。

あと二日で釈放される。

裸足で塀の上に座っていた冬月るりの目を思い出す。

あの目と似た目を見たことがある。

人を寄せ付けず、射るように見つめる。そして頭の中は物語であふれている。現実から乖離《かいり》し、物語をこしらえ、その中でしか息ができない。
そんな目をした少女を百瀬は知っている。
百瀬の記憶の中からけして消えない、ひとりの少女。

第四章　風の少女

百瀬太郎が小学三年生の時の出来事である。

同じクラスに山田《やまだ》という女子がいた。

彼女はいつも四時間目の授業が終わる少し前に現れた。

正門を駆け抜け、ひらべったい校庭のどまんなかを全速力で突っ切ってくる。

胸を張り、両手を振り、口を真一文字に結んで、力いっぱい走ってくる。

浅黒い肌、手足はごぼうのように細く、裸足で、煮しめたような灰色のワンピースを着て、ぱさついた茶色い髪をうしろになびかせて。

百瀬は窓際の席だった。四時間目の後半になると窓の外が気になり、彼女の姿が見えるのを心待ちにしていた。

山田の下の名前は知らない。クラス名簿の女子欄の一番後ろに「山田」とだけ書かれていた。

いつもふいに窓の向こうに現れた。そろそろだと待ち構えていたにもかかわらず、百瀬は毎回ちょっぴり驚いてしまう。

彼女はスクリーンのヒロインみたいに颯爽《さっそう》と登場し、風のように走った。

教室の後ろのドアから入ってくると、生徒たちはみな気づき、顔をしかめる。中でもあからさまに顔をしかめるのは担任教師の赤尾《あかお》だ。カッとなりやすい性質で、手も出るため、陰で赤鬼と呼ばれていた。当時そういう教師は珍しくなかった。

「百瀬、窓を開けろ」と赤尾は命じた。

百瀬は嫌だった。山田が入ってきたら窓を開けるという流れが嫌だった。「今日こそ先生は言わないでくれるのではないか」と期待するが、赤尾は必ず命じて百瀬を失望させた。命令に従わないと、赤尾の怒りが山田に向かいそうで、だからしかたなくそっと窓を開けた。

以前、あらかじめ窓を開けておいたら、赤尾は「風邪をひく。閉めなさい」と言った。だからいつも、山田が登校してから、窓は開けられた。

山田の席は出入り口に一番近い後ろの席で、彼女が教室にいる間、後ろのドアも開けておくのが決まりだった。

山田はランドセルを背負っておらず、いつも手ぶらで学校にやって来た。彼女が席についてしばらくすると、チャイムが鳴り、みんなで「起立、礼！」をして給食の時間がやってくる。

山田は立たなかったし、お辞儀もしなかった。もくもくと給食を食べ、いつの間にかいなくなる。五時間目が始まる前には窓もドアも閉められた。

ふいに現れて消えてゆく。そんなところも風のようだった。

山田は授業を受けなかった。教科書を持っていないのだろうかと百瀬は案じていた。体育の授業にも姿はなかった。体操服も持っていないのかもしれない。もし山田が運動会でリレーの選手になったら、うちのクラスは優勝すると百瀬は思った。山田がバトンを持って走る姿はきっとみんなに感動を与えるだろう。

梅雨に入り、蒸し暑くなったある日、いつものように山田が教室の後ろから入ってくると、赤尾はもう我慢ならぬという顔をしていきなり怒鳴った。

「山田！　風呂に入れと言っただろ！」

百瀬はハッとして、山田を見た。

筆先ですっと左右に払ったような切長の目はまっすぐに赤尾を見ている。怒りも悲しみもなく、悪びれもせず、表情がない。対して赤尾は頭に血が上っているのだろう、こめかみに筋が浮いていた。

怒りに震える赤尾の形相に、教室の空気は凍りついた。

百瀬はというと、心底びっくりしていた。

風呂があったら、風呂に入っている。生徒たちはみな、そのくらいのことはわかっていて、だから、山田をいじめるものはいない。おとなのくせに、なぜそのようなことがわからないのだろうと百瀬は不思議に思った。

山田は臭かった。入ってくると臭いでわかるほど、いつも強烈に臭かった。その臭いを好きな人はひとりもいなかったし、百瀬だって苦手だ。おそらく山田だって好きではないだろう。

赤尾は自分の言葉にますます激昂《げきこう》していった。

「なぜ上履きを履かない！　床が汚れるだろう！　なぜ言うとおりにしない！」

怒鳴る赤尾のつばきがあたりの生徒の頭に降りかかるのが見えた。

上履きがあったら履いている。外履きも持たぬ山田になぜ無理なことばかり要求するのだろうと百瀬は思った。赤尾の考えの至らなさに、百瀬は胸を痛めた。かわいそうだと思った。赤尾がだ。考えが足りないとさぞかし生きづらいだろうと、慮《おもんぱか》った。

山田はいつも裸足だった。裸足で駆けてくるのだ。風呂も靴も名前も持たない山田が力の限り走って給食を食べにくる。

そのたくましさに百瀬は憧れた。百瀬にとり山田は英雄だった。

赤尾は憤怒《ふんぬ》に満ちた顔で「廊下へ出ろ」と言い、山田はおとなしく廊下へ出た。赤尾も廊下へ出て、山田に向かって「校庭に出て正座しろ」と言った。

山田は校庭に出なかった。廊下に立ったまま動こうとしなかった。

チャイムが鳴った。四時間目が終わり、これから給食が始まる。山田の臭いに混じって、カレーの匂いがただよってきた。今日は人気メニューのカレーだ。

「早く出ていけ」と赤尾が怒鳴るが、山田はじっと立ったまま、廊下の向こうから運ばれてくるカレー鍋を見ていた。

赤尾はのしのしと山田に近づくと、大きく手を振り上げ、勢いよく振り下ろした。

パチン、と平手が鳴る音がして、百瀬が吹っ飛んだ。

暴力を止めようとして間に入ったところ、平手を頰にまともにくらってしまい、百瀬の華奢な体は廊下の壁に叩きつけられ、床に突っ伏した。

赤尾は驚いた顔をして固まった。

みんなも驚いていた。

生徒たちは教室と廊下の境にある窓に顔をくっつけるようにして一部始終を目撃し、思わぬ展開に青ざめていた。ほかのクラスの生徒たちもちらほらと廊下に出てきて、何事かとざわめき始めた。

赤尾が手を上げるのは、初めてではない。しかし、学級委員の百瀬を叩いたのは異例なことで、みな、動揺していた。

学校には学校にしかない特殊な秩序がある。

法のもとの平等なんて及ばぬ治外法権にある学校では、教師が上、生徒が下という不動の関係性がある。それだけではなく、優秀なものに対する敬意や恐れなども歴然と存在していた。当時の学校は成績至上主義で、小三とは言え、テストのたびに満点を取り続ける百瀬は生徒たちにとって特別な存在だったのだ。

赤尾の広い額には冷や汗が浮かんでいる。

教師にとっても百瀬は特別な存在だった。

年度末の職員会議で、学校創立以来の秀才が新三年生に在籍していると話題になった。文部省主催の全国共通学力テストでトップの成績を勝ち取ったのは、私立の名門ではなく、公立小の、しかも「わが校の生徒である」と、校長が誇らしげに自慢していた。それが百瀬太郎だ。

百瀬は小学一年の五月にアメリカから転入してきた。

線の細い少年で、おだやかな性格。周囲に馴染《なじ》み、友だちもすぐにできた。生活態度も申しぶんない。こと学業においてはつきつめるタイプで、指導が難しいほど優秀だった。将来国の発展に寄与する人間になる可能性があるとして、教育委員会が目をつけており、「くれぐれも大切に扱うように」とのことだった。

親がおらず、施設から通っているので、「才能をまるごと国家のものにできる」と教育委員会は考えたのだ。

赤尾は教育委員会に気に入られたかったし、偉人の恩師になれるかもしれぬという下心から担任を買って出た。念願かなって担任になれたものの、問題児の山田まで引き受けさせられた。百瀬をえさに、とんだ外れくじを引かされ、「学年主任にはめられた」と怒りが募っていった。いらいらを山田にぶつけていたが、さすがに暴力を振るうのは予定外だったし、運悪く平手が百瀬に的中してしまった。

とっさに浮かんだ言いわけは「百瀬が手にぶつかってきた」だが、信じてもらえるだろうか。目の前の現実として、百瀬は床に突っ伏している。頰は真っ赤に腫れている。精密機器のような脳は壊れていないだろうか。

この事実を教育委員会に報告されたらアウトだ。

凍りついた空気の中、百瀬は頰を腫らしたまま、すっくと立ち上がった。そして、ひるんでいる赤尾をまっすぐに見て言った。

「お腹が空きました」

赤尾の思考は停止した。百瀬はさらに言う。

「先生、給食の用意をしてもいいですか？」

赤尾はパニックになり、震える声で言った。

「出ていけ。ふたりともだ。消えろ」

百瀬は山田を見た。

山田は遠くを見ていた。視線の先にはカレー鍋があった。

山田はカレーを食べたいのだ。カレーを食べるためなら叩かれたってかまわない。それくらいカレーが食べたいのだ。百瀬は余計なことをしたかもしれないと思ったが、後悔はしなかった。山田は叩かれてはいけないし、山田の腹を満たす方法はほかにもあると考えた。

「山田さん、行こう」

百瀬は山田の手を取り、歩き始めた。

「うえー」「うわー」とどよめきが上がった。

生徒たちの中に植え付けられてしまったヒエラルキーの頂点と裾野が手をつないでいる現実を目の当たりにして、みな混乱し、「ひいーっ」と悲鳴を上げるものもいた。

百瀬の頭にヒエラルキーはなかった。普遍的な秩序があるだけだ。百瀬にとって秩序は重要だった。秩序を乱すのはいつも赤尾で、山田ではなかった。

つないだ山田の手は、がさがさしていた。

この時の彼女の手の感触を百瀬はおとなになっても忘れない。

山田はおとなしくついてきた。昇降口に着くと、百瀬は手を離し、上履きから運動靴に履き替えた。山田の名前が貼ってある下駄箱には何も入っていなかった。

「ごはん食べに行こう」と百瀬は言った。

山田はこくんと頷いた。

ふたりは学校を出た。

百瀬が先を歩き、山田があとをついてきた。途中でどこかへ行ってしまうのではないかと不安になってしょっちゅう後ろを振り返った。

山田は距離を置いてついてきた。百瀬は振り返るたびに「ごはんをもらえるから」と言った。山田は疑《うたぐ》り深《ぶか》い目をして、それでもなんとかついてきた。すれ違うおとなは、じろじろと山田を見たが、誰も話しかけてこなかった。

住宅が途切れ、右手には畑が、左手に森林が見えてきた。舗装されていない細い道をさらに歩いてゆくと、青い鳥こども園が見えてくる。

見上げるようなトチノキが左右に一本ずつあって、それが門柱代わりになっていた。

トチノキを抜けると園庭があり、その先には明治時代の小学校のような木造の建物が見える。園庭の一部にこぢんまりとした菜園があって、そこで未就学児たちが保育士と共に種蒔きをしていた。

麦わら帽子をかぶった園長の遠山健介《とおやまけんすけ》もせっせと種を蒔いていた。

この菜園で収穫されたささやかな野菜たちはみんなのお腹に入る。種を蒔くのも収穫も、遊びの一環だ。百瀬は種蒔きも収穫も大好きで、もちろん、食べるのも好きだった。自分たちでこしらえた野菜は特別においしく感じるのだ。

トチノキのところで山田は立ち止まった。誘っても、園庭に入ろうとしなかった。

「待ってて」と言って、百瀬は走って行き、遠山に言った。

「給食を食べ損なったので、山田さんとぼくにごはんをくれませんか」

遠山は「誰もいないじゃないか」と言った。

百瀬が振り返ると、山田の姿はなかった。でもよーく探してみると、いた。トチノキに登って、枝葉の間からリスのように、こちらを窺《うかが》っている。

遠山もやっと気づいたようだ。

「お客さんか。よし、青い鳥カレーをご馳走《ちそう》しよう」

青い鳥こども園の食堂で、百瀬と山田はカレーを食べた。

食堂はがらんとしていた。みんな学校に行っている時間帯だし、未就学児たちはまだ園庭にいて、ボール遊びをしている。

園の名物青い鳥カレー。豚の細切れ肉にサイコロ状の人参《にんじん》とさつまいも、玉ねぎは煮込まれて形状を留《とど》めない。小麦粉を使ったトロトロの黄色いカレーだ。山田がおいしそうに食べるのを見て、百瀬は誇らしかった。

園の方針で、新しい仲間が来た日はカレーと決まっていた。仲間が増える日に人気メニューが食べられるため、子どもたちはみな、仲間が増えるのを心待ちにしているし、その子を大喜びで迎えるのだった。

今日は特別にふたりだけで食べている。いつもの味だが特別感があって、いっそうおいしく感じた。

いきなり山田をつれてきて、一番人気のメニューを食べさせてあげられるなんて。食べ損なった給食がカレーだったのでなおさら嬉しい。青い鳥カレーは一度に大量に作られ、余ったのを冷凍してあるのだと、この時知った。

ふたりが食べ終えると、遠山は百瀬になぜ早退したのかを尋ねた。山田の前なので、百瀬は言葉を選び、「先生を怒らせてしまった」とだけ伝えた。

「ほっぺたが赤いけど、ぶっとばされたのか？」

百瀬はとっさに目を逸らし、「そうでもない」とつぶやいた。

教師を悪く言いたくなかった。赤尾がいない場で赤尾を悪く言うのは「フェアではない」と百瀬は考えた。百瀬にとっての秩序は常に公平であること、なのだ。

遠山はしばらく黙っていたが、今度は山田に話しかけた。

「うちの風呂、入る？」

えっという顔をして、山田はこの時初めて、遠山を見た。赤尾を見る時の目と違って、表情があった。あわてていたし、とまどっているように見えた。英雄なのに、子どもみたいな目をしたと、百瀬は思った。そういえば山田はまだ小三。子どもなのだった。

「入っていきなよ。気持ちいいぞ。今、用意させるから」

遠山はいったん消え、代わりに寮母がやってきた。

彼女はみんなから「ポンさん」と呼ばれていた。苗字《みょうじ》なのか下の名前なのかわからない。さんは敬称なのか、そこまでが名前なのかも不明だ。スノーマンのようにふっくらとした体形で、いつもにこにこしていて、みんなのおかあさん的存在だ。いや、おかあさんではない。おかあさんはみんなの心にひとりずついる。ポンさんは親戚のおばさん、あるいは隣の家の親切なひと、田舎のおばあちゃん、そんな感じだ。

ポンさんのような存在は時としておかあさんよりも子どもの成育に必要だ。

ポンさんに連れられて、山田は行ってしまった。

入れ替わりに遠山が戻ってきて、「太郎くんは遊んでていいよ」と言った。

百瀬は不安になった。

「山田さんのおうちの人に連絡しなくていいのでしょうか」

遠山は「心配するな」と言った。

百瀬は不安なままうなずいた。

ランドセルを学校に置いてきてしまったので、宿題ができない。園の図書室で本を読みながら山田を待つことにした。

百瀬は園に入って一ヵ月くらいで図書室の本は全部読んでしまった。それから二年間くり返し読んだので、どのページもソラで言えるほどだ。

ほかの子どもは手に取らない鉱物の図鑑。ずっしりとしたそれを手に取り、午後の陽が差し込むテーブルで開いた。

静かだ。

図書室はいつも子どもたちが走り回ったり喧嘩したりしている。誰もいない今は静けさが心地よく、図鑑に没頭できた。

好きな鉱物の写真や説明文や化学式が目に飛び込んでくる。うれしさでゾクゾクする。

当時の百瀬は動物や虫よりも鉱物に惹かれていた。電車や飛行機や漫画よりも鉱物にロマンを感じた。自らは動かず、そこにある。地球の奥底で何百万年、何千万年かけて分離と濃縮を繰り返し、そこにある。その存在のあり方が頼もしい。

生命体は消えてしまう。母のように。そういう不安がいっさいないのが鉱物だ。

「鉱物って何?」と友だちに問われれば、百瀬は「石だ」と答える。

頭にあることをそのままぶつけずに、相手のわかる言葉に置き換える。そういうことが、やっと身についてきた。はじめはそれができずに、「太郎が何を言ってるかわからない」とよく言われた。数学者の母と会話をするようにしゃべってしまっていたのだ。

わかりやすく、ゆっくりと話す。子どもながらいつもそれを心がけている。

「鉱物のどこが好きなの?」と問われれば、次のように答える。

「天然に生まれた無機物で、見た目はぱっとしないけれど、化学組成と結晶構造を持っているんだ。化学組成で表せるから、頭の中に落とし込めるし、結晶構造を図にして思い浮かべると、宇宙を想像できる。そもそも鉱物には大きさの概念がない。そこも宇宙的だと思わない?」

いつのまにか目の前から友だちは消え、遠くでドッジボールなどを始めている。

いくらわかりやすく話しても、百瀬の興味はほかの子に理解されなかった。

今は誰もいない図書室でゆっくりと鉱物の世界に浸れる。至福の時だ。

コランダムのページを開く。

灰褐色のグロテスクな鉱物だ。まあだいたい鉱物って外見を気にしない性格で、外面は極めて悪い。

コランダムは酸化アルミニウムの結晶で、結びつく不純物により、赤や青に発色する。その赤い部分を取り出して熱処理を加えると、不純物が消えて透明度を増し、より赤く輝いてルビーになる。同じように、青い部分はサファイアとなる。

赤と青。相反するように見えるものが、同じ鉱物から生まれる。そこが神秘的で、百瀬はこのページを眺めるのが特に好きだ。

くすんでごつごつとした鉱物に、自分をなぞらえる。生まれたままでは美しくないのだ。母に捨てられたのは、こんなふうにくすんでいたからだ。母は息子の中に赤や青が存在することに気づかなかったのだ。

自分を磨いて、悪いところを削り捨て、よいところを大切に磨き続ければ、母は会いに来てくれる。そしてまた一緒に暮らせる。そんなふうに考えた。

当時の百瀬にとって鉱物は母との再会の道しるべだった。

青い鳥こども園で自分を磨きながら母を待ち続けた。そして中学を卒業する時に考えを変えた。母は自分を捨てたのではない。息子のためにここへ置いたのだ。母の愛は絶対的で、息子の悪いところなど、気にするはずがない。

その考えにたどり着けた時、百瀬は園を出て、自立した。

しかしこのときまだ百瀬は小三で、母に捨てられたと思っていたし、鉱物図鑑を眺めながら、「いつか宝石になった自分を母に見せたい」と思っていた。

ふいに耳元で声がした。

「その青い石、わたし、知ってる」

驚いて振り返ると、少女がいた。ライトブルーの綿のワンピースを着て、茶色がかった髪はサラサラで、肩のところで切り揃えられている。

筆で書いたような目、華奢ですっと通った鼻筋、ごぼうのような手足。日に焼けて浅黒い肌がワントーン明るく見える。

目の前にいる少女は山田に違いないけれど、声を聞くのは初めてで、臭いもしないから、入ってきたことに気づかなかった。

「君、誰?」と、つい聞いてしまった。

「スイミー」と山田は言った。

百瀬はハッとした。『スイミー』は小二の国語の教科書に載っているオランダ生まれの絵本作家の作品だ。

スイミーは海で暮らす小さな魚。仲間はみな赤いのに、スイミーだけが真っ黒で、泳ぎは誰よりも速かった。あるとき、大きなマグロが現れ、赤い仲間を全部食べてしまい、速く泳げるスイミーだけが生き残った。

スイミーはひとりぼっちになってしまった。大きな海をさびしくさまよううち、すばらしいもの、おもしろいものをいっぱい見つけて、元気を取り戻していった。ついにまた、赤い小さな仲間たちに出会う。仲間たちはマグロを恐れて、岩陰にひっそりと隠れていた。

スイミーは怯《おび》える仲間たちを広い世界へ誘う。

みんなで大きな魚のふりをして自由に泳ぎまわろう！

持ち場を決めて赤い大きな魚の姿をこしらえ、黒いスイミーは目となって、みんなで広い海へ飛び出す。そんなお話だ。

きれいな絵と、心に響く文章。生きる勇気がわいてくる物語だ。

山田は教科書を持っていて、読んでいたのだ。百瀬はほっとした。彼女がおとなたちから何も与えられていないと感じていたからだ。

山田は自分をスイミーだと言った。自分を異質な黒い魚だと思っている。そのことは悲しいような、頼もしいような、あいまいな気持ちで受け止めた。

山田は図書室の本を読み始めた。活字に飢えているのか、没頭していた。

「そろそろ帰ろう」

遠山の声にふたりはわれに返った。時間が経つのを忘れていた。

山田は園が用意した運動靴を履いて遠山と手をつなぎ、出て行った。ライトブルーのワンピースを着て運動靴を履いた山田はクラスのほかの女子たちと同じに見えた。

トチノキの下で百瀬は夕陽色に染まったふたりを見送った。

翌日の学校に山田は現れなかった。放課後、青い鳥こども園に走って帰ると、山田は図書室で本を読んでいた。

話しかけにくいほど、山田は本に没頭していた。読書の世界にいる時の気持ちは誰よりも理解しているので、そっとしておいた。

寮母のポンさんに話を聞くと、「しばらくここでお昼ごはんを食べることになった」と言う。それ以上のことは聞けなかった。

夕方になると遠山は再び山田を送って行った。遠山に何を聞いても「おとなに任せておきなさい」としか言わなかった。

山田は園にくるようになって、臭わなくなった。服はほかの児童のおさがりだが、洗濯された清潔な服を着るようになった。園ではみなおさがりを着るので、誰も気にしなかった。寮母のポンさんが食事や身の回りの世話をやいていた。

百瀬は学校から走って帰ってきて、山田のいる図書室に顔を出した。話しかけることはせずに、図書室で宿題をやった。放課後の図書室はほかの児童もやってきて騒がしくなるので、山田は本を持ち出して、園庭で読むようになった。

百瀬は「図書室の本は持ち出しちゃいけないんだ」と注意した。

山田は本から目を離さなかった。心なしか、本を持つ手に力が入っているようだ。

「ぼくが返してきてあげるよ」と言ったら、山田は百瀬を睨んだ。

「これはわたしの本だ」

「違う。みんなの本だ」

「わたしが読んでいるんだ。だからわたしの本だ」

手にしていたのは『家なき子』だった。

山田は本を抱えて走り出した。彼女が走り出したら、百瀬はあきらめるしかない。山田は園庭を駆け抜け、そのまま帰ってしまうのかと思ったら、するするっとトチノキに登り、大きな枝にまたがって、そこで本を読み始めた。

百瀬はトチノキの下でため息をついた。

山田の姿を学校で見ることはなくなった。園で食事をもらえるから、学校へ来る必要がなくなったのだ。

百瀬は学校が好きだった。園にはない理科室や音楽室があるし、図書室の蔵書は園よりずっと多くて、貸し出してもくれる。こんな素敵なところに、山田がいないのが残念だった。いつか来るだろうと、なんとなく思っていた。

さっぱりと清潔になった山田を赤尾に見せたかったし、体育館で跳び箱を跳んだり、運動会で走る姿をみんなに見せたかった。

彼女が学校に来なくなって、そのまま夏休みに入った。

山田は朝早くから園にやってきて、朝ごはんもみんなと食べるようになった。図書室の本はすべて読んでしまったらしく、園庭でボールを蹴ったり、廊下を走ったりしていた。ほかの子たちが新しい仲間だと思って近づくと、「わたしはあんたらのようなみなしごじゃない」とつっぱねた。

夏休みの間、百瀬は小さい子たちの面倒を見るのに忙しかった。

園では歳が上のものが下のものの面倒を見る。おとなに言われたからではなく、ルールでもなく、自然とそうなった。やらないものもいたが、問題にはならなかった。得手、不得手があって当然だからだ。百瀬のようにおだやかでしっかりしたものが何人もの子を見ていた。百瀬は小さな子の面倒を見るのが好きだった。

園には規則もある。「使った道具はしまう」「屋根には登らない」などの決まりがあったが、山田は全く守ろうとしなかった。おとなに叱られても、気にせずに好きにふるまった。涼しい日は屋根の上で猫と遊んでいた。

山田には危険なところがあった。

突然小さな子に近づいて、「牛から生まれたくせに」「熊に食われて死ぬ」などと言って、泣かせた。百瀬は泣く子のそばに行っては彼女の嘘を打ち消した。

それを山田は遠くからじっと見ていた。百瀬があわてるのを楽しんでいるように見えた。

夕方になると決まって園長の遠山が山田を送って行った。

必ず手をつないでいた。どこかに飛んで行ってしまわないように、まるで風船の糸を握るように手をつないでいた。山田は不思議と遠山の前ではおとなしかった。

百瀬は毎日トチノキの下で山田を見送った。

「また明日ね」

山田は何も言わなかったし、振り返りもしなかった。

おそらく帰りたくないのだ。ここにずっといたいのだ。ここにいる子がうらやましくて、小さい子をいじめるのだ。それに気づいて、百瀬の心はしん、とした。

自分は母に迎えにきてもらい、早くここを出たかった。でも、ここにいたい子もいるのだ。

左目を閉じて右目で景色を見る。右目を閉じて左目で見る。同じ景色なのに明るさや大きさ、角度が微妙に違う。同じ人間でも眼球が変われば世界は違って見える。別の人間の眼球から見える世界は自分とは全く違うのかもしれない。百瀬はそう思うようになった。

赤尾先生の目に見えている世界はどんなものだろう？

青い鳥こども園では八月の中頃に花火大会が行われる。

大会と言っても打ち上げる花火ではなく、子どもたちが手に持てる花火だ。地面に置いて噴き上げるドラゴンや跳ね回るねずみ花火もあった。ひとり三つと決まっていて、好きなものを選ぶ。未就学児も参加できた。寮母や保育士が寄り添った。

軽い火傷《やけど》は園庭の水道水で対処した。ここにいる子どもたちは卒園すると社会でもまれるだろうし、時には大怪我もするだろう。事故や怪我を回避するより、ここにいるうちに対処法を身につけさせる、それが園の方針だ。

目端のきく高学年の学童が、人気の花火を独占した。百瀬はいつも最後に残った花火を手に取った。

その夜は山田もいた。山田は人気のない線香花火を選んだ。花火を見たことがないようで、おっかなびっくり手に取っていた。百瀬も線香花火ばかり三つを持っていた。余るのはいつもそれだからだ。派手な花火たちの喧騒《けんそう》から少し離れたところで、ふたりはひっそりと線香花火に火をつけた。

ちろちろとはじける火花。ぽとりと落ちる火の玉。それを熱心に見つめる山田。

筆で払ったような目の中で火花がはじけていた。

百瀬は彼女の瞳の中の花火を見ていたくて、残りの一本をあげた。

その夜、山田は女子の部屋に泊まる予定だったが、夜中に部屋を抜け出した。百瀬は乳児たちのオムツ替えを手伝っていて、園庭を走る山田に気づいた。

百瀬はパジャマのまま靴を履き、追いかけた。彼女はするするっとトチノキに登った。

駆けて行ってトチノキの下で叫んだ。

「寝ないの？」

山田は「おかあさんを待つ」と言った。

ホームシックにかかったのだと百瀬は解釈した。

「園長先生に言って、今から帰る？」

山田は呆れたような顔をして「ばーか」と叫んだ。

星が瞬《またた》く澄み切った夜空に彼女の細くて強い声が響いた。

生まれて初めてばかと言われて、うろたえたが、声の美しさへの感動が上回り、もっと聞いていたくなった。

「帰っても、召使いのばばあしかいない」と山田は言う。

それからまるで歌うように語り始めた。

「おとうさんとおかあさんは大きなお城に住んでいます。召使いのひとりに魔女がいて、赤ちゃんのわたしをさらって遠くに逃げました。おとうさんとおかあさんはそれからずっと泣きながらわたしを探しているのです」

たいそうよい声で歌うようにしゃべり続けた。

図書室にある少年少女世界文学全集のいろんな物語が貼り合わされたストーリーだと百瀬は気づいた。貼り合わせ方がじょうずで、魅力的な物語になっていた。

「そうなんだ。そうなんだね」と、百瀬は相槌を打ち続けた。

相槌を打つたびに、山田の声が透き通り、輝いてゆくようだった。鉱物から原石を取り出して磨いてゆくような気持ちに百瀬はなっていた。

しばらくすると遠山とポンさんがやってきて、ふたりは部屋に戻された。

夏休みの最終日、明日から学校が始まるという日に、山田はなかなか園に現れなかった。昼ごはんが終わったあとに、トチノキの向こうから、走ってきた。

園庭を全速力で走る姿を見て、百瀬はひさしぶりに「風みたいだ」と思ったし、やはり英雄に見えた。彼女のしかめっ面やよくつく嘘はすべてまやかしで、あのまっすぐに走る姿こそが、山田の「ほんとう」だし、彼女が自分につけたあだ名のように、スイミーそのものだと思った。

彼女はたったひとり、違っていた。そして誰よりも速く走る。

彼女は園庭から百瀬を手招きして、「いいものを見せたげる」と言った。

園庭の隅にあるびわの木の陰で、彼女はこぶしを前へ突き出し、てのひらをそっと開いてみせた。

あかぎれだらけのてのひらの上に、青く透き通った石があった。

丸でも四角でもなく、天然のいびつさをもった透明感のある石で、陽の光を通して紫になったり、群青になったり、真っ青になったりもした。

「これは王子の目だま」と山田は言った。

神秘的な色に惹き込まれた百瀬はよく見ようと顔を近づけた。すると山田はてのひらを閉じた。青い石は姿を消した。

「見せて」と言うと、山田は「やーだ」と言う。

百瀬は石が何か知りたかった。

「人工物？　それとも鉱物？　鉱物から取り出した原石かな、だとしたら、サファイア？」

山田はうんざりした顔をして百瀬を睨んだ。

「ばかじゃない？　これは王子の目だまだ」

「そんなわけないよ。眼球は球体だし、硝子体や角膜も見当たらないじゃないか。ね、もっとよく見せて」

「ばーか」

山田はワンピースの脇ポケットに石をしまうと、決意したように言う。

「これから目だまを王子に返しにいく」

山田の目は真剣だった。

百瀬は「一緒に行く」と言った。

なぜそう言ったのだろう。自然と口から出た。「あいうえおか」ときたら「きくけこ」と続けたくなる。そんな自然ななりゆきだった。

「どこにいるの？　王子」

「我孫子《あびこ》の海」

百瀬の頭には図書室の日本地図が入っていた。我孫子は千葉県にあり、海はない。でも反論すれば「ばーか」と言われるので黙っていた。

「あんたも行く？」

「うん」

山田はいきなり百瀬の小指に自分の小指をからませると、激しく上下に振り、「ゆびきりげんまん、ゆび切った！」と乱暴に振り払った。

痛くて超時短のゆびきりを終えると、山田は歩き始めた。ずんずん歩いてトチノキの門を抜けてゆく。百瀬は追いかけて、「電車賃はどうするの？」と尋ねた。

山田は黙ってずんずん歩く。横顔は決意に満ちていた。

百瀬は迷った。金を取りに戻るかどうか。

園長の遠山もしくは寮母のポンさんに交通費を請求するとする。行き先を聞かれる。理由も問われる。「王子に目だまを返すために我孫子の海に行く」と言って、お金を出してくれるだろうか。そもそも、いったん園に戻ったら、先をゆく山田との距離がどんどん開き、見失う。彼女の足に追いつけるはずがない。

百瀬はそのままついてゆくことにした。

ふたりで歩いた。かなりの距離を歩いた。途中、公園で水を飲み、歩き続けた。

山田は方向がわかるようで、分かれ道に差し掛かっても、迷いなく選ぶ。百瀬は脳内の地図と照らし合わせながら歩いた。我孫子方面に向かっているのは間違いなかった。

山田はそこに行ったことがあるのだろうか。話しかけることはできなかった。山田の速度で歩くのが精一杯だったのだ。ポケットにしまわれた青い石が気になった。見せてほしいけど、言い出せなかった。

夕陽であたりがオレンジ色に染まり始めた頃、百瀬の足に限界がきた。道のすみでうずくまる。ふくらはぎが痙攣《けいれん》していた。のぼせて頭痛が激しくなり、意識がぼんやりとしてきた。もう一歩も無理だと思った。

山田は振り返りもせずに、どんどん行ってしまった。

ひとり道でうずくまっていると、「大丈夫?」と声をかけられた。仕事帰りらしい女性が百瀬の顔を覗き込み、缶飲料を差し出した。オレンジジュースだ。

百瀬は缶を両手で受け取った。ひんやりとして、頬に当てると気持ちよかった。喉が渇いていたが、プルトップを開けようにも、指に力が入らない。女性が開けてくれて、さっそく一口飲むと、酸味で頬がきゅっと引き締まり、ほのかな甘みが疲れ切った体じゅうに浸透した。ごくごく飲んだ。生き返る思いがして、意識がはっきりとしてきた。

「ここで何をしているの？」

「おかあさんを待ってる」

「おかあさん、来るのね？」と女性は少し疑わしそうに言った。

「はい。おかあさん、もうすぐ来ます」

親切な女性は行ってしまった。

ほかのおとなたちはみな自分のことで精一杯なようで、どんどん通り過ぎてゆく。あたりはすっかり暗くなってしまった。百瀬は道沿いにある小さな公園に移動し、ベンチに座った。

オレンジジュースは半分残してある。

山田が戻ってきたら、飲ませてあげようと思った。

見上げると、大きな月が出ていた。まんまるだった。

「情けないな、お前」と笑っているように見え、ゆびきりした小指を隠すようにこぶしを握りしめた。

百瀬は「おかあさんはちょっとそこまで行っただけ」とつぶやいた。すると、なんだかほんとうにそんな気がして、胸があたたかくなった。「もうすぐ、来るんです」「おかあさんを待っているんです」「おかあさん、今、来ます」「すぐ来ますから」とつぶやき続けた。どんどん、どんどん、安心が広がってゆく。

山田がなぜ「おとうさんとおかあさんはお城に住んでいて、わたしを探している」と言うのか、百瀬はやっと理解できた。「王子に目だまを返しに行く」のも、わかるような気がする。王子はお城に住んでいるからだ。

山田の心にはお城がある。

やさしい両親がいるお城がある。

自分の家を自分でこしらえたのだ。

その家へ帰ろうとしている。お城を目指して歩くことで、お城がほんとうにあると思えてくるのだ。

山田は安心したかったんだ。安心を広げたかったんだ。

安心は嘘の世界にしか存在しないのだ。

その夜、百瀬はベンチで寝ているところを警察に保護され、青い鳥こども園に戻された。

翌日の始業式に山田の姿はなかった。

青い鳥こども園にも来なくなり、以来、山田とは会えていない。

担任の赤尾は何も言わないし、クラス名簿の山田という名前は黒い二本線で消されていた。園長の遠山に尋ねても、「無事だから。おとなに任せておきなさい」と言うだけだ。

「王子に目だまを返しに行く」と言い残し、山田は消えてしまった。

それからしばらく、百瀬は母を待つように山田を待った。トチノキの上にいないか、いつも気になって見上げた。鉱物図鑑を見るたび、彼女の手にあった青い石を思い浮かべた。

青い石は謎のまま、しだいに記憶は薄れてゆき、彼女のことを思い出すことはなくなっていった。

そのかわり夢に現れた。

忘れないでというように。

百瀬は留置場の天井を見つめながら、思う。

子どもは大人を信じていたい。大人が世界を作っているからだ。

あの時は力が足りなかった。今なら救えるはずだ。

二日後、百瀬は釈放された。

第五章　ひまわり

冬月るりはひとり暗い部屋でベッドにもぐりこんでいた。

となりのベッドにあかねはいない。

あかねはいない。どこにもいない。一日中いない。もうずっと会えてない。

あかねがいないと眠れない。

あかねのベッドの上には、ふわふわがうずくまっている。

あかねが寮に入ることが決まって、るりがひどく落ち込んでいると、「わたしの代わりに猫と寝なよ」とあかねが言った。そしてあかねが母にねだった。「猫を飼いたい」と。

「ここにいたい。寮には入らない」とねだればいいのに。

母はすぐに猫を手に入れた。寮に入る前のたった十日しか猫と遊べないのに、母はあかねの願いを聞き入れた。母はあかねが好きだから何でも言うことをきく。

猫は白い毛が長くてふんわりとしていて、目は青くて、顔の真ん中がココア色だ。ミルクとココアの色の猫だと、あかねに教えようとして、やめた。あかねはミルクもココアも好きだけど、見たことがないからだ。

「あかね色の猫だよ」と言ってみた。

あかねは猫を抱きしめてうれしそうだった。

「ふわふわだあ。名前はふわふわにしよう」

しばらくしてあかねはいなくなり、ふわふわだけが残った。

ふわふわは目が見える。あかねとは違う。代わりにはなれない。

起き上がって窓をそっと開けた。ここは二階で、見晴らしがいい。

空は澄んでいて、ものすごく大きな月が輝いている。

手を伸ばせば届きそうなくらいの大きな月。あかねがいれば教えてあげるのに。

「大きな月がにやにや笑いながらわたしたちの部屋を覗き込んでいる」

「今日の月は薔薇の花束を持ってパーティーに行こうと誘っている」

あれはいつだったろう?

「るりがあかねの目になってあげなさい」と母に言われた。

はじめは実際に見えるものをそのまま教えてあげた。

大きな石があるから、よけて通ろうとか、朝顔が咲いたよ、ピンクと紫だよと、教えてあげた。ピンクって何? と聞かれた。紫は何? 色って何? と聞かれた。

るりはあかねの世界を知ろうと思って、目をつぶってみた。

すると世界はなくなった。何もないのだ。

ひとりでこんなに寂しい世界にいるのだ。かわいそうだと思った。何もない世界にいるあかねに現実よりもずっと良い世界を見せてあげたいと考えた。

薔薇が満開だよ。

お空に気球が飛んでいて乗っている人がこちらに手を振っているよ。

白鳥が翼を手のようにつないで飛んでいるよ。

あったらうれしいもの、楽しいものを伝えるようにした。

あかねのベッドは夕陽色で、るりのベッドは海の色だと教えた。実際は生成色だ。

るりが嘘をつけばつくほどあかねは笑顔になった。

それはもう嘘じゃない。

幸せになる呪文だ。

でもあかねはいない。今夜もいない。

るりは窓から屋根に降りた。ふわふわもついてくる。

眠れない夜はふわふわと家を抜け出して、街を彷徨《さまよ》う。玄関から出ると母に見つかるので、二階の窓から出る。はじめはおそるおそるだったが、もう慣れたものだ。

夜だけでなく昼も彷徨った。母が出勤したあとだと玄関から出られるが、二階の窓から出る時は裸足なので足が痛い。よその家の庭で靴を手に入れて履いてみたが、サイズが合わなくて脱げてしまい、なくしてしまった。

最近は出歩くのをがまんしていた。警察が見張っていたからだ。

もういない。ひさしぶりの夜の散歩だ。

屋根から塀の上に降りる。塀をつたって隣の塀に。そしてもっと、もっと遠くへ。

途中から道へ降りる。後ろを振り返る。ふわふわがついてくる。

前に歩き回っていた時、ふわふわがいなくなってしまった。よその家に迷い込んだか、誘拐されたかわからず、毎日探し回った。

夜、二階の窓を開けっぱなしにしているうちがあって、そこから入り込んで家の中を探してみた。

老人がひとりで住んでいて、時々、お金が置いてあった。お金があればタクシーに乗ってあかねに会いに行けると考え、ポケットに入れた。

その家には何度も通ってお金を手に入れたが、ある日窓の鍵が閉められ、入れなくなった。なんとかお金を手に入れたくて、警告文を郵便受けに入れた。アニメに出てきた警告文をそのまま使った。叔父にもらったジュニア用ワープロでこしらえた。

でも効果はなくて、鍵は開かなかった。がっかりして、あたりをうろついていると、近所の家にふわふわがいるのを見つけた。

リビングの窓から、るりを見ていた。

ふわふわがいないとあかねが悲しむ。あかねが寮から帰るまでに取り戻さなければならない。でも、人の家へいきなり行って、おとなと話すなんてできそうにない。

ある日、そこの家に宅配便の荷物が届いて、しばらく玄関の外に置いてあった。伝票の電話番号を覚えて、家からかけた。子どもとわからぬよう、叔父がクリスマスにくれたボイスチェンジャーを使った。母にばれないように非通知にした。この方法は以前あかねが思いついて、なんどかふたりでいたずら電話をしたことがある。あかねはいたずらを思いつく天才なのだ。

電話をかけたら、やわらかい声がした。やさしそうな女の人の声だ。そんなやわらかい声を聞いたことがなかった。猫を返せとだけ言って切った。ドキドキした。声を聞きたくて、毎日かけた。やさしい声がうれしくて、無茶苦茶なことを言って切った。ふわふわを取り戻す目的を忘れて、その声に夢中になった。

ある日、電話がつながらなくなった。

突き飛ばされたような気がした。

ふわふわを取り戻す目的を思い出し、おとなの協力が必要だと考えた。

道を歩いていると、盲目の女性を見つけた。サングラスと杖ですぐにわかった。あかねが通う盲学校にもいたからだ。

レンガを道におき、彼女がつまずくのを待った。彼女はつまずき、杖を落とした。拾って渡し、ふわふわを取り戻す手伝いを頼んだ。目が見えないことが重要だった。目撃されないからだ。

るりは母にばれるのが怖かった。母に嫌われている自覚があった。「嘘ばかりつく」と言われた。幸せになる呪文なのに。

盲目の女性に手伝ってもらい、ふわふわを無事取り返すことができた。

るりは、忘れられなかった。玄関を開けて顔を出した女性の顔。声で想像していたのと同じ、やさしい顔をしていた。

るりはまた会いたいと思い、警告文をこしらえて郵便受けに入れた。

金額は変えた。内容はなんでもよかった。るりが書いたものをあの人が読む。それだけでうれしかった。

塀の上から彼女の家を覗いていたら、男に追いかけられた。あわてたからサイズの合わない靴を落としてしまった。シンデレラも相当あわてていたのだろう。

今夜はいつもより静かだ。人がいない。

シーンとした夜の街。

昔通った保育園にたどりついた。夜の散歩コースのひとつだ。ふわふわはうれしそうに砂場でごろんごろんを始めた。

この保育園にはあかねも一緒にあずけられていた。あかねは園庭遊びができないので、るりもしなかった。あかねがかわいそうだからだ。みんなが走り回って遊ぶのを遠くに見ながら、あかねと積み木で遊んだ。

ブランコも滑り台も夜の散歩で初めてやってみた。深夜、ひとりでブランコに乗り、ひとりで滑り台を滑った。

今夜はジャングルジムに登ろう。見上げたら、心臓がどきんと鳴った。

てっぺんに人がいて、こちらをじっと見ているではないか。

街灯の逆光で、顔はよく見えないが、髪がもじゃもじゃしている。

「こんばんは」

あの男の声だ！

どくろのTシャツを着ていた男が、どくろのTシャツを今は着ないで、きちんとした服を着て、ジャングルジムの上から手を振っている。

「ひさしぶりだね」

澄んだ夜空に男の声がやわらかく響く。

そう、この声。あの時、びっくりしたんだ。

あたたかい、やわらかい声。

やわらかい声が「待って！」と言ったんだ。

それから鬼ごっこが始まった。

保育園でみんなが楽しそうにやっていた鬼ごっこ。鬼が「待って」と追いかけ、みんなが「助けて」と逃げるんだ。キャーキャー楽しそうに逃げるんだ。あかねをひとりにしておけないから、るりは見るだけだった。

鬼ごっこ、この男とやったんだ。その時、聞いたんだ。やさしい声をいっぱい。

「わかった、助ける」

「怖がらないで。おうちはどこ？」

「おんぶしようか？」

よその父親がやっていたおんぶ。るりもあかねも、おとなにおぶわれたことがない。あこがれのおんぶ。それを初めてやってみた。

背が高くなったような気がして、すーっと進むんだ。

ずっとおぶわれていたかった。でも「車まで」と言われたから、車が見えてきた時に叫んだ。

「助けて！」

鬼ごっこの続きがしたかった。

やわらかい声の、あたたかい人と、いつまでも遊んでいたかった。

ジャングルジムの男は言う。

「上がっておいでよ。一緒に月を見よう」

自然と体が動いた。するするっとジャングルジムに登った。保育園にいた頃、頭の中で何回も登ったので、コツはつかめていた。

男の横に並んで座り、月を見た。

「大きいね。スーパームーン」と男が言う。

「スーパームーン？」

「いつもより大きく見える満月をスーパームーンって言うんだよ」

あかねに教えてあげよう、と思った。でもあかねは月を見ることができない。そもそも、あかねには会えない。

「わたしは百瀬」

「モモセ」

「そう、百瀬。伝えたいことがあって、君を待ってた」

るりは耳を傾けた。声をずっと聞いていたかった。ふわふわは砂場でくつろいでいて、月はもう本当に、味方のように輝いていた。

「あかねさんの世界はわたしたちと同じだよ」

やわらかな声がゆっくりと耳に届く。

「風が吹けば肌で感じるし、音や感触で雨もわかるし、匂いで花だって楽しめる。食事だってそうだ。おいしいパンはまず香りでわかるし、手触りでもおいしさはわかるし、歯応えや口溶けや、もちろん味も。寮の食事、とてもおいしいんだって。学校では走っていたよ。かけっこも鬼ごっこもできる。そろそろプールの授業が始まるらしい。あかねさんはわたしたちと同じ世界にいて、いいことも、嫌なこともあるんだ。同じだよ」

「モモセ、あかねに会ったの？」

「うん。会ったよ」

「元気だった？」

「すごく元気で、君のこと心配していたよ」

るりは頭が混乱してきた。自分があかねを心配するのが自然で、その逆は考えたこともなかった。いつもいつも、ものごころついてからずっと、あかねのことが心配だった。

「あかねさんはかわいそうじゃないよ」

百瀬はゆっくりと静かに話した。

「ただ、目で見えないだけ。見えないぶん、聞く力も、感じる力も、考える力も、研ぎ澄まされてゆくんだ。あかねさんはちゃんと豊かな世界に生きているんだよ」

ぴかぴかの月は丸い。

幼い頃、丸いという意味を、ボールや地球儀であかねに教えてあげた。

もう教えなくていいの？

見える世界をひとりじめしていいの？

るりはでも、あかねと分け合う世界が好きだった。

目からぽろっと水滴がこぼれた。

「おんぶして」


百瀬はるりを背負って歩いた。夜の保育園の庭をぐるぐると何周も歩いた。

ふわふわがナアナアと鳴きながらあとをついてくる。

百瀬はるりに尋ねた。

「猫、苦手?」

長い沈黙の後、耳元でささやく声が聞こえた。

「ふわふわは好きだよ」

そう言うと思っていた。好きでいなきゃいけない、そう思っているのだ。

「ふわふわっていう名前なんだね」

「あかねがつけた」

「ふわふわがしばらくいた家、わかるでしょ」

「うん」

「あの家のおばさんが、ふわふわと暮らしたいんだって」

るりはしばらく黙っていたが、ぽつりと言った。

「貸してあげてもいい」

「いいの?」

「いいよ、あげる」

「喜ぶよ」

「うん」

「時々会いに行くといいよ」

「うん」

「おばさんちにも双子がいるんだって」

「へえ」

「みんなるりさんに会いたがってるよ」

「やだよ」

「バナナがあるよ」

「バナナは好き」

「まだ実はなってないけどね」

「なあんだ」

「あの家でふわふわに会って、バナナの葉っぱを見て、そのことをおかあさんに話してあげるといいよ」

返事はなくて、急に重たくなった。小さな寝息が聞こえる。子どもらしい、無防備な寝息だ。

月明かりのなか、百瀬はるりを背負って冬月家へと歩いた。

ふわふわはちゃんとあとをついてくる。

百瀬は思い出していた。

スイミーと王子を探しに行き、途中で置いていかれた夜も、こんなふうに大きな月が自分を見下ろしていた。

月は知っているのだろうか。スイミーがたどりついた世界を。

くすんだ赤い屋根瓦が遠くに見えてきた。

ひさしぶりのわが家のたたずまいに、百瀬の胸は熱くなる。

玄関脇の照明が灯っている。人がいるのか？

亜子は実家に帰ったはずだ。

釈放されてすでに一週間が経っていた。

釈放されたその足で左野家、冬月家、あかねの盲学校、るりの小学校を駆けずり回った。やることが山ほどあったし、どれも急を要するものだった。深夜に事務所で仮眠をとり、あとはひたすら走り続けた。るりの母親に会うのも時間がかかったし、夜の保育園でるりを待ち、三夜目にやっと会えて送り届けることができたが、それ以外の案件もどっさり積まれていた。

野呂とは一度だけ深夜の事務所で会った。五時間ぶっ通しで業務連絡をして、途中、晴人が起きて、卵酒をこしらえてくれた。元気そうでほっとした。やるべきことが積み重なっており、事務所の畳で仮眠して、早朝、事務所を出る。それの繰り返しだった。

七重とは会えていない。

「つかまると面倒だから避けてるんじゃないか？」と問われれば、「そうかもしれない」

と答えるだろう。野呂も気遣ってか無駄口を叩かなかった。

二十三日間の留置で山積した諸問題に片っ端から取り組んだ。

百瀬は妙に元気だった。

留置期間に睡眠時間が飛躍的に延び、三度の規則正しい食事で栄養も充分。「このあと一年寝なくてもいけそうだ」と思えるくらい絶好調なのだ。

亜子とは連絡をとっていない。

「怖くて目を逸らしているんじゃないか?」と問われれば、「そのとおりです」と答えるしかない。ただ、正直なところ、裸足で徘徊する少女を救うという優先順位がぶっちぎりで、亜子のことは考えないようにしていた。「優先順位下位」なわけで、「怖くて目を逸らす」よりよほど失礼だし、百瀬には、はっきりとその自覚があった。

家庭、家庭としつこくあこがれていたくせに、いいかげんな奴だと自分に呆れている。

百瀬はもちろん亜子に会いたかった。ただし、会えないのが三日でも一ヵ月でも「大差ない」と感じてしまうのだ。

家庭を持つ資格はないと百瀬は自覚した。夫婦手帳を返納する覚悟もあった。もちろん、罰金を払った上でのことだ。

いつ亜子の実家の大福家に謝罪に行こうか考えながら、久しぶりにわが家に戻ってきたが、外灯がついているのは想定外で、足がすくんでしまった。

テレビでニュースになった時点で実家へ帰ったと思い込んでいた。

心優しい亜子のことだから、テヌーも一緒に連れて帰ってくれただろうと考えていた。わが家は空き家だと思っていた。それもあって事務所で寝泊まりしたのだ。

外灯がついているということは、ひょっとすると、もうとっくに他人に明け渡したのかもしれない。全然知らない人が住み始めているのだろうか。

おそるおそる近づいてみると、秋田の靴屋大河内三千代《おおこうちみちよ》から贈られた表札が残っている。大福という文字と、百瀬という文字が力強く並んでいる。

鍵を試してみる。有効だ。換えられてはいない。

玄関ドアをそっと開けると、室内は明るかった。

夜九時。亜子がいるとしたら、寝てはいない時間だ。

地雷敷設区域に踏み込むような心持ちになり、みぞおちがきゅうっと縮こまる。

「ただいま帰りました」とささやいてみる。

にゅわおー、とこもったような鳴き声とともに、サビ猫テヌーが走ってきて、百瀬の胸に飛びついた。シャツの胸に顔をこすりつけ、なうなう、と、甘えた声を出す。

帰宅したという実感がわいてくる。

強制起訴裁判でしばらく会えなかった時は、百瀬を忘れてしまったみたいによそよそしかったのに、今は違う。「お前、丸くなったなあ」と頭をなでる。

「おかえりなさい」となつかしい声がした。

びくっとして、顔を上げると、亜子がエプロン姿で微笑んでいる。

「早く上がったら？　食べるでしょ？」

百瀬は顔が引きつるのを自覚した。

一ヵ月ぶりの亜子があまりにもいつも通り過ぎて怖い。そして、部屋に充満する匂い。きんぴらの甘い香りだ。百瀬が家庭の味ランキング一位と思っている料理。そのことを口にしたことはないが、なぜか今、きんぴらの匂いに包まれている。

「先にお風呂にしたら？　沸いてるから」

亜子の不気味な優しさに、平身低頭の姿勢で従ってみる。

ひさしぶりのわが家の風呂。事務所ではシャワーしか浴びなかったので、まずはしっかり泡を立てて体を洗い清める。留置場の臭い、駆け回った汗、すべての垢《あか》を落としてから、念願の湯船に浸《つ》かる。「うーっ」と、声が出てしまう。なんて気持ちが良いのだ。

温まりながら考えた。

ひょっとしたら亜子は、切り出すタイミングを見計らっているのかもしれない。斬首の刑の前に「首を洗ってこい」ということかもしれない。うん、それに違いない。

そうだ、罰金。まずは罰金を払うべきだ。

百瀬は風呂から上がると、亜子が用意しておいてくれた柔軟剤の香りがする部屋着に着替え、計算済みの罰金を真っ白い封筒に入れて、キッチンにいる亜子に謹んで差し出す。

「もろもろの罰金です。ご確認ください」

亜子は受け取り、「確認します」と言って、札を数えた。そして、冷蔵庫に貼ってあるメモを見て、「たしかに」と言った。そこには、無断外泊の回数が正の字で律儀に数えられてあった。一本の線が最初は乱れがちだったが、だんだんと何かを決意したように力強く引かれている。

テーブルにはきんぴらごぼうと、揚げすぎた唐揚げ、そしてぬか漬けが並んでいた。ご飯と味噌汁はまだだ。

亜子はエプロンをはずし、「食事の前にお話があります」と言った。

百瀬はいよいよだと思った。

「はい」と神妙に答えて、向き合って座る。首は洗ってきた。いつでもどうぞ覚悟しています、という思いで背筋を伸ばす。

亜子はしずかに話し始めた。

「わたしずっと言えなかったんですけど」

「はい」

「実は悩んでいたんです」

「はい」

「結婚って何だろうって、ずーっと考えていたんです」

じわじわと攻めてくるのだろう。百瀬の脳裏に判決文の長い裁判官の顔が何人か浮かんだ。

「わたし、子どもの頃から両親を見てきて、まあ、父はあんなですけど、ここぞという時は夫婦で助け合っているし、なんだかんだ言いながらも思い合っているし、結婚して家庭を持つって、自然なことで、おとなになる儀式のようなものだと思っていました」

「はい」

「あこがれてもいました。好きな人と出会って家庭を持つってことに。職業柄的にも結婚を全面的に肯定していました。けれど」

いよいよだ。

「最近、結婚って、意味があるのか、正直わからなくなっていたんです」

百瀬は深くうなずく。相手が留置場に入るような人間とわかれば、怖くなるのは当然である。

「結婚相談所に愛し合っている男性カップルが来たんです」

「ん？」

話が逸れたような気もするが、神妙に聞く。

「すごく愛し合っていて、幸せそうなんです。愛し合ってるから、もしもの時は自分の財産を相手に譲りたいのだけど、法的には親に財産がいってしまう。息子を理解せず勘当だと言い放った親に財産がいってしまうんですって。そうなんですか？」

「法定相続人は親族です」

「それを阻止するには養子縁組するしかないんですって。でもあくまでも自分達はパートナーであって、親子ではない。どちらかが養子になるのに抵抗があるんですって。戸籍で嘘をつくのが耐えられないっていう相談なんですよ。なぜ、嘘をつかなきゃいけないのか、彼らは悩んでいました。それでもう籍は入れずに、ふたりでお金をしっかり使い果たしてしまえって、思ったんですって。戸籍制度が人を苦しめているのを見て、籍を入れる意味、あるのかなって、揺らいできちゃって」

「はあ」

籍を入れることに意味はないので、わたしたちもやめましょう、そういう遠回しな言い方をしてくれているのだと察した。なんて優しい女性なのだろう。

「大切なのは信じ合って暮らすってことだと思うから、もう入籍なんかやめちゃおうって、思ったんです。わたしはひとりっ子だし、大福という名前を残せますしね」

「そうですね」

「ところがです」

突然、亜子の目が鋭く光り、声色が激変した。

「逮捕されてブタ箱に入っちゃうじゃないですか！」

百瀬はひるんだ。展開がつかめないし、ブタ箱という言い方は耳を覆いたくなる。たしかにブタ箱は警察の留置場をさす俗称である。『広辞苑』も保証する由緒正しい俗称である。でも女性の口からそれを聞きたくない。それを言うとセクハラになるので口にはしないが、愛する人が「ブタ箱」と発音すると、正直コタえる。

「全然電話がかかってこないんですよ！」

亜子は興奮して立ち上がり、テーブルをドンっとこぶしで叩いた。

「電話がないんです！　全然！」

百瀬は赤鬼を思い出す。亜子のこめかみには赤尾先生と同じ筋が浮いている。

百瀬はおそるおそる弁明を試みた。

「電話はかけられないんです……所持品は取り上げられてしまい」

すると亜子の目はぎらりと光った。目から発する殺傷力の高い光線で百瀬の胸は打ち砕かれた。

亜子は低い声で言う。

「警察から電話がかかってこないんです」

「え？」

「ひどいと思いませんかっ！」

亜子は興奮し、「あー、腹が立つ。もー、我慢できない」とぶつぶつ言いながら、茶簞《ちゃだん》笥《す》の引き出しを開けて紙を取り出すとバシッとテーブルの上に開いてみせた。

「署名を要求します」

百瀬は驚いて広げられた用紙を見た。

婚姻届だ。

亜子の欄は記入済みで、証人欄には七重の署名がある。

「夫がブタ箱に入った時、警察から連絡をもらう権利の取得に必要な手続きです」

亜子はさあどうだと言うように、立ったまま両手をテーブルについて、百瀬を見下ろしている。ねずみを追い詰める虎のような姿勢の亜子の目は真っ赤に充血し、耳まで赤く、声はかすかに震えている。

「真っ先に連絡をもらう権利を要求します。誰よりも早く夫の危機を知り、妻として差し入れをする権利です。沢村さんに先を越されてたまるもんですか」

百瀬は言葉を失った。

「わたしは世界じゅうに叫びたい。百瀬太郎はわたしの夫です。病める時もすこやかなる時もわたしの夫です、文句あっかって！」

百瀬はもうひとこともなかった。よろよろと立ち上がり、上着にさしてある愛用の万年筆を持ってくると、ひと文字ひと文字、丁寧に文字を重ねた。

亜子はそれを食い入るように見つめている。

書き終えると、亜子は満足げに「よし」と取り上げ、「わたしが明日出しておきます」と言った。

「一緒に」と百瀬が言うと、「わたしがやります。確実なので」と亜子は皮肉たっぷりに言い、通勤用バッグにそれをしまうと、再びエプロンをして味噌汁の鍋を温め始めた。鼻歌を歌っている。メンデルスゾーンの『結婚行進曲』だ。

百瀬は心からマイッた、と思った。

自分はいつのまにか、とてつもない宝石を手に入れていたのだ。前からそう思っていたものの、想像の上をゆく、ケタちがいの宝石だ。

亜子の後ろ姿を見つめながら、幸福な敗北感に浸った。


喫茶エデンで百瀬は正水直を待っている。

沢村のもとに通って勉強している直から、「話があります」と連絡をもらった。会うのは一ヵ月ぶりだ。

しばらくは向こうで学ばせてもらう約束で、もうすぐ期限がくる。おそらくひととおり教えてもらい、予備試験の内容は理解できたのだろう。そろそろ本格的に勉強に取り組まねばならない時期だ。予備試験を受けるなら、バイトは無理だと百瀬は思う。直が心ゆくまで勉強に打ち込めるよう、生活費は支援しようと思っている。春美荘にいる限り家賃はかからないが、水道代、光熱費、食費もかかる。今まで払っていたバイト代を受験休暇特別支給として払い続ける予定だと伝えるつもりだ。いきぬきに事務所に顔を出して、野呂や七重、そして鈴木晴人とお茶くらいしてほしいと、言うつもりだ。

ドアが開き、直が入ってきた。百瀬を見つけると、にこっと笑い、駆けてくる。

少し、感じが変わった。服も髪型も変わらないが、何か変わった。

目の前に座って「おひさしぶりです」と言う。

丸い頬はしゅっとひきしまり、目が少し落ち窪《おくぼ》んで見える。なんだか急におとなびてしまったようだ。

「少し痩せた？」と聞くと、「全然」と直は言う。

「今日、百瀬先生と会うと言ったら、秘書の佐々木さんがお化粧してくれたんです」

「ああ、それ、お化粧なの。そうかそうか」

目が落ち窪んでるから、やつれたのかと思ったという言葉は飲み込んだ。

危ない、危ない。

「化粧はやっぱり好きじゃないです。顔洗えないし」と直は照れたように笑う。

「お昼ご馳走するよ」と言うと、「そのつもりで来ました」と満面の笑みを浮かべた。東京に来たばかりの頃よりよく笑うようになった。

ふたりでナポリタンを食べ、食後は百瀬は珈琲を、直はオレンジジュースを頼んだ。

百瀬は留置期間に迷惑をかけたことを詫びた。

「正水さんが走り回ってくれて、うまくいったって、沢村先生が言ってたよ」

直ははにかんだ顔をしてオレンジジュースを飲んでいる。

「うちでのバイトのことなんだけど」と百瀬が言いかけると、直は「バイト、決めてきました」と言う。

「え？」

「バイトを決めてきたので、百瀬先生のところは卒業します」

百瀬は驚き、言葉を失う。

やはり逮捕されたのがいけなかった。

甲府の母親を心配させたのだ。いいや、直だって呆れただろう。疑ってはいないだろうけれど、未成年者略取および誘拐未遂罪は、人聞きが悪すぎる。そんな人間の側にいたくないのかもしれない。

「先生」

直は百瀬をまっすぐに見る。

「わたし、嘘をついていました」

「え？」

「弁護士になりたいって、ずっと言ってきたけど…………なりたかったのは事実なんですけど…………本当になりたいものは違うんです」

直はいったん目を伏せ、勇気を出すように一度うん、とうなずくと、顔を上げて再び百瀬を見た。

「わたし、百瀬先生になりたいんです」

「え？」

「百瀬先生みたいな人間になって、人助けをしたいんです」

「正水さん…………」

「それには弁護士にならなくちゃと思って。弁護士になって百瀬先生と一緒に働けたらいいなって、ずっと夢見ていたんです。でも今度のことがあって、あー、わたし、無理だなあって。百瀬先生みたいになるの絶対無理だなって思ったんです。人のためにあそこまでできないです。先生は………」

直はいったん黙り、しばらくして「すごい」とつぶやいた。

百瀬は何も言えなかった。

よくわからないのだ。褒められているのかけなされているのかわからない。とにかく直は百瀬を離れ、遠くへ行こうとしている。それがわかって、寂しく感じた。

「甲府に戻るの？」

「いいえ、まさか！」

直はとんでもないというふうに、手をひらひらさせて打ち消した。

「わたしはわたしの得意を磨いて百瀬先生になるんです」

「え？」

「沢村先生のところで働かせてもらうことになりました」

「沢村先生のところで？」

「秘書の佐々木さんに交渉してバイト料を払ってもらえることになりました。沢村先生は弁護士資格を持ってるけど、人との対話が全然ダメです。今回つくづくわかりました。沢村先生の弱点。わたしがその全然ダメなところを補って、ふたり合わせれば、百瀬先生に近づけるかもしれない」

「沢村先生は立派な弁護士だよ。わたしに近づくだなんて失礼だよ」

「もちろん、沢村先生には言いません。勉強させてもらいながら、お手伝いさせていただくということで、了承を得ました。わたし、結構便利な人間なんですよ。役に立つと思います」

「それは知ってる。正水さんは有能だよ。でも、予備試験は？」

「来年は受けません。その先はわかりません。資格にこだわるのをやめました。佐々木さんが教えてくれたんです。法律に関わる仕事は資格がなくてもできるって」

「それは………」

百瀬は納得した。

「そうだね、その通りだ」

百瀬は直のすっきりとした表情を見て、本人が決めたことを尊重しようと思った。

七重が以前言っていた。

「子どもが途方に暮れていたら、おとなが決めてあげないといけない」と。

裏を返せば、

「子どもが決めたら、おとなは黙って応援しろ」ということではないだろうか。

百瀬は「じゃあ、うちの事務所の卒業祝いに、パフェを奢《おご》らせて」と言った。

「わーい」

直は子どものように喜んで「チョコパフェ大盛り」と注文した。

百瀬は寂しくなるな、と思いながら、クリームを頬張る直を見つめた。


七月二十七日、東京地方裁判所の法廷で裁判官は判決を言い渡した。

「主文。被告人を懲役二年に処する。この裁判確定の日から三年間その刑のすべての執行を猶予する」

裁判は終了し、鈴木晴人は被告人を卒業した。

百瀬と晴人は手続きを済ませて裁判所を出た。

強い日差しとアスファルトの照り返しで焼けるように暑い。効きすぎた冷房で冷え切っていたふたりにはむしろ心地よかった。

「近くに公園がある。少し歩こうか」

ふたりで日比谷公園《ひびやこうえん》をゆっくりと歩く。

銀杏《いちょう》や杉の木が青々と生い茂り、大噴水が噴き上がっている。ミンミンゼミとアブラゼミが競うように鳴く中を、サラリーマンたちがベンチでひと休みしたり、弁当を開いたりしている。歩きながら百瀬は話しかける。

「おめでとう」

「ありがとうございます」

「この先にいいレストランがあるんだ。お祝いにおいしいものを食べようか」

晴人はとまどった顔をして「今日は七重さんが」と言う。

「七重さん?」

「今朝はキッチンに寿司桶《すしおけ》を持ち込んで、朝からガタガタやっていました」

「そうか。七重さん、お祝いのご馳走用意してくれるんだね。じゃあ、お腹を空かせて帰らなくちゃ」

百瀬は釈放されてから一日も休まずに駆け回っていた。二十三日間の皺寄《しわよ》せはすさまじく、朝早く家を出て、外回りの仕事を片っ端からやり、事務所へ着くのは暗くなってからで、七重とはすれ違ってばかりいた。一度、電話できちんと「ご心配おかけしてすみませんでした」と謝罪をしたが、その時はこう言っていた。

「実をいうと、先生がつかまったのは野呂さんのせいなんです」

「どうしてですか?」

「前に言ったんですよ。お人よしの限度を超えたら逮捕するという法律が欲しいって」

「野呂さんがですか?」

「わたしがですよ」

「え?」

「その時、野呂さんは反論しなかったんです。賛成に一票だったんですよ。顔に書いてありました。そうだそうだ、って」

「はあ」

「わたしは魔女じゃありませんから、いくらひとりで願ったって叶《かな》いませんけれども、野呂さんが加わって、呪いになっちゃって、現実となりました。わかりましたか？　野呂さんのせいなんです」

「いいえ、わたしが悪いので」

「もちろんです。百瀬先生がお人よしを減らしてくれれば、こんなこと起こらないんですよ。でもねえ、カエルに白鳥になれと言ったって、なれませんからねえ。しかたないんです。カエルはカエルですよ。あ、お風呂がわいたんで切ります」

と、ぶつりと切れた。

そのとき百瀬は自分の体が緑色になったような気がした。

「七重さん、何をこしらえてくれるんだろう」

百瀬の頬は自然とゆるむ。事務所へ帰るのが楽しみだ。晴人が無事この日を迎えられたのも、野呂と七重が家族のように寄り添ってくれたからだ。

それにしても暑い。体は温まるのを通り越してほてってきた。

「じゃあ、アイスでも食べて帰ろうか」

売店でアイスキャンディを二本買い、心字池《しんじいけ》を見下ろしながら、ベンチに座ってかじった。百瀬も晴人も迷わずミルク味の棒アイスを選んだ。白は勝利の色だからだ。

裁判は勝ち負けではないが、それでも「こちらの意見が通った」という意味では達成感があった。検事も裁判官もひとりの若者と正面から向き合い、耳を傾けてくれた。よい裁判だったと百瀬は思う。

裁判は綺麗ごとではおさまらない。法廷に公平さはないのか、と落胆することも多い。それでも何回かに一度は「よい裁判だ」と思える時があって、今回は流れも判決も美しかった。秩序のある綺麗な法廷だったと百瀬は思う。

「これからのことは何も心配いらないよ」と百瀬は言った。

晴人はアイスをかじりながら、小さくうなずき、神妙な顔で池を見つめている。執行猶予をもらえたとはいえ、正式に前科がついたのだ。不安はあるだろう。

「あせらないで。そのうち自然とやりたいことが見えてくるよ」

「はい」

後見人の千住澄世には裁判所を出る前に電話で報告した。とても嬉しそうだった。

「千住さんと手紙のやりとりは続いているの？」

「はい、ずっと」

「千住さん、元気にしてる？」

「結婚するって」

「え？　結婚？」

「刑事さんと」

「あー、あの人か。でっかい人」

「天川《あまかわ》さんて人。まだとうぶん一緒には暮らさないけど、式だけ挙げるって。家で小さな結婚式」

「そうなんだ」

「招待状もらいました」

「えっ、ほんと？」

百瀬は驚いた。身寄りのない彼に住む家を与え、手紙のやりとりをするだけでもありがたいのに、招待までしてくれるとは。

「すごいなあ、わたしはもらえなかったよ」

「身内だけ、しかもほんの少しだけみたいで」

「男性恐怖症だもんね」

「刑事さんの身内はお姉さんだけで、澄世さんのほうは…………」

晴人は恥ずかしそうに「ぼくだけ、みたいで」とささやく。

「それはすごい！　誇らしいね」

晴人は頬を紅潮させて、うなずく。

「ゴッホという名前の猫が参加予定で」

「ああ、ゴッホかあ。前にうちにいたんだけど、気難しい猫なんだ。鈴木くんは猫に好かれるから大丈夫だと思うけど、天川さんはどうだろう？」

「実は天川さん、なんどか家に上がろうとしたけど、ゴッホが牙を剥いてシャーシャーいうから入れなくて、まだ一緒に暮らせないらしいです。式の日もどうしても無理だったら、庭でやるって」

百瀬の事務所にいた頃は応接室に引きこもって、猫とも人とも折り合えなかった茶トラのゴッホ。澄世に引き取られて性格が一変し、おだやかに暮らしていると聞いていたが、性格のキツさは相変わらずのようだ。

「うちでゴッホを引き取ろうか。千住さんの幸せを邪魔しちゃいけないからね」

「それは違います」と晴人はきっぱりと言う。

「澄世さんにはゴッホが必要なんです。ぼく、それ、わかります。澄世さんはゴッホがいるから、今の澄世さんになれて、今の澄世さんだから、天川さんと結婚する勇気を持てたんだ。ゴッホのシャーシャーは、澄世さんの気持ちの代弁っていうか、天川さんを好きだから受け入れたいけど、まだ怖い、そんな不安の代弁だと思う」

百瀬はなるほどと思い、晴人の考えに深さを感じた。

晴人と澄世という、長年社会と折り合えず孤独だったふたりは、手紙を交わすことで互いを理解し、互いの支えとなっている。澄世が一方的に手を差し伸べているのではないのだ。「ゴッホがいるから勇気を持てた」と晴人は言ったが、晴人の存在も澄世にとって、一歩踏み出す原動力になっているのだ。

「スーツを買おう」と百瀬は言った。

「澄世さんの門出だからね。参列者としてビシッと決めなくちゃ。ダンディな野呂さんに見繕ってもらおう」

ふたりは電車に乗り、百瀬法律事務所に向かった。

明るい時間に事務所へ帰るのはひさしぶりで、百瀬の心は弾んだ。

半年前までは幽霊屋敷と呼ばれて、荒れ果てた空き家だった。相続した家を持て余した千住澄世との出会いを振り返る。男性恐怖症で消え入りそうな声で話す、か細い女性。彼女がついに結婚するのだと思うと感慨深い。

百瀬はふと気づいた。

そういえば自分はもう結婚したのだ。

婚姻届を無事提出してきた、と先日亜子が言っていた。戸籍の上で正式に夫婦になったのだが、七重にも野呂にも報告していない。

すっかり失念していた。

婚姻届の証人欄に署名してくれた七重には結果を報告するべきだし、お礼を言うべきだった。亜子がやってくれていると思うが、百瀬だって当事者なのだ。またいろいろと怒られるなあと覚悟した。式を挙げる時は失礼のないよう、きちんとしなければ。

遠くに事務所が見えてきた。

前庭が妙に明るい。太陽の下で事務所を見るのはひさしぶりだが、それにしても何だか様子が違う。近づいてゆくほどに明るさが強くなり、まぶしさに目を細めた。

ひまわりだ！

ひまわりの群れが大輪の花を咲かせている。

「いつの間に、こんなに」

「七重さんです」と晴人は言う。

「植えたの？　ひまわり」

全く気づかなかった。暗くなってから事務所に駆け込む日々で、何日もここを通り過ぎていたのに、全く見えていなかった。こんなに美しく、力強く、こちらに訴えているのに。

晴人は言う。

「七重さん、玄関を黄色く塗るのをやめて、そのかわり、ひまわりの種を蒔くんだって、張り切っていました。突然ひらめいた、男どもには内緒だよとぼくに言うんです。ぼくも男なんだけど、七重さんにとっては男の子、みたいで。七重さん、ぼくや百瀬先生や、ここを訪れる依頼人を勇気づけるために、せっせとひまわりの種を蒔いたんです。ぼくも手伝いました。ちゃんと芽が出て、双葉が出て、水やり、楽しかった。夏を過ぎたらどうするんですかって七重さんに聞いたら、その時はその時だって」

百瀬はこみあげるものを必死にこらえた。

笑いなのか涙なのかわからない。鼻水をすすり、上を見上げた。空にはひまわりのような太陽が仲間を見下ろしている。

まぶしい。すべての陰が消えてゆくようだ。

「さあ、入ろう」

ふたりは「ただいま」と言いながら、引き戸を開けた。


百瀬法律事務所はすっかり通常の風景を取り戻した。

野呂はパソコンに向かい、七重はどたばたしながら愚痴をこぼし、百瀬は裁判所に提出する書類をせっせとこしらえている。

そう、百瀬はちゃんと事務所にいて、なぜだか急に増えてしまった猫は二十七匹いるものの、穏便に暮らしている。猫占いの銀もすっかりここに馴染んでしまった。ロシアンブルーは引く手数多《あまた》だが、里親が見つかっても馴染めず、すぐに戻ってくる。銀は特に二階が好きで、ベンガル猫と晴人の膝を取り合っている。

居場所は猫が決める。人はそれに合わせる。それしかないのだ。

住空間は女性が決める。男性はそれに従う。それもしかりだ。

七重は猫のトイレを掃除しながら百瀬に尋ねた。

「例の化け猫はうちで引き取らなくて済んだんですね?」

「化け猫?」

「ほら、保育園で目撃された巨大猫ですよ。街を徘徊した挙げ句、バナナの家に迷い込んで、警告文騒ぎになった、あの青い目の猫です」

すごいはしょり方だなと思いつつ、ツボを押さえているし間違ってもいない。なのにどうしてヒマラヤンという五文字を覚えられないのだろう。百瀬は七重の脳に神秘を感じ、「宇宙のようだ」とつぶやいた。

「化け猫、宇宙へ行ったんですか?」

「あの猫は左野家で暮らしています。警告文をもらった家です。名前はサファイア・ふわふわ・プリンセスとなり、左野さんのうちでかわいがられています」

「あらまあ、迷い込んだうちですか。迷い込んだふりして住みたい家を選んだんですね。猫はそれくらいのことしますよ。で、狼少女はどうしています?」

「狼少女という言い方はちょっと」

百瀬がたしなめると、七重はきょとんとした。

「嘘つき少女よりかわいくないですか? 狼少女」

野呂は「嘘も狼もかわいくないです」と断固反対の姿勢を示す。

「虚言癖は一種のパーソナリティ障害です。利己的で排他的だし、大問題です」

嘘のせいでボスが逮捕されてしまったので、野呂としては「たかが子どもの嘘じゃないか」と流してしまえないのだ。

百瀬は「冬月るりさんはその逆なんですよ」と言う。

「自分のためじゃないんです。双子の妹を喜ばせようとして嘘をついたのが起因です。盲目の妹に、実際よりも世の中が素敵に見えるように嘘をつき、妹が喜ぶたびに、自分もうれしくなったんです」

野呂はあっと小さく叫んだ。

「つまり嘘をついた時にドーパミンが活発になっていたんですか？」

「ええ、おそらく」

「なるほど嘘と快感が結びついてしまったというわけですか。そうですか。妹さんの面倒を見ているつもりが、依存した関係になっていたんですね」

百瀬はうなずく。

「一種の共依存です。利己的の逆で、他者中心主義です。るりさんの心は自分自身に焦点が合ってないんです。妹の目になっているうちに、妹を通じてしかものを見られない、感じられない、そんな状態になってしまって、自分が何を好きで、何が嫌かもわからなくなってしまった。それに気づいた母親がふたりを離したのですが」

「いきなり離れたので、精神のバランスが崩れてしまったんですね」

「はい」

「あらまあ、妹のためだなんて、泣かせるじゃないですか」

七重はしんみりとした。

百瀬は話を続けた。

「るりさんのおかあさん、冬月さんは、双子を出産してひとりに障害があるとわかった時から、その子にばかり気を取られていたとおっしゃっていました。気がついたら、るりさんは嘘ばかりつくようになり、学校でも問題行動を起こすようになった。それでも冬月さんは、普通に産んだのだから大丈夫なはずだと考えたそうです」

「それってるりさんから目を逸らしてたということですよね？」と野呂が言う。

「たしかにそうなのですが、わたしはしかたなかったと思います。冬月さんはひとり親なので、人一倍働かなくてはならない。障害のある子の将来も見据えて、稼がなくてはならないと、ひとりでがんばってきたのです。今回警察沙汰になって、このままではだめだと、思い知ったとおっしゃって」

「それで、どうしたんですか？」と七重は問うた。

「冬月さんはるりさんと向き合いたいとおっしゃいました。でも時間がない。冬月さんがお勤めの商社は大手です。福利厚生制度を使えば、収入はそのままに、かなりまとまった休みが取れるはずです。今かかえている仕事を手放して娘さんと向き合う覚悟はありますかと尋ねたら、キャリアを諦めるのは辛いけど、今はそれしかないとおっしゃいました」

　七重は「当たり前ですよ」と口を出す。

「育児は仕事の片手間にできるものじゃありません。一年や二年、育児に専念する時間がとれなくちゃあ、親も子もくたびれちまいます」

　百瀬はうなずき、続きを話す。

「冬月さんから委任状をおあずかりして、わたしが人事課と交渉しました。そして特別休暇を取得することができました。職場復帰の際に不利益がないよう、そのあたりも書面で約束してもらいました」

野呂は「うーん」と首を傾げる。

「でも、キャリアウーマンが急に育児に専念してうまくいくものですかね？」

「わたしもそれは心配だったんですが、冬月さんは、サファイア・ふわふわ・プリンセスを譲渡したのをきっかけに、ひんぱんに左野家に通っているようです」

七重はぱちんと手を叩いた。

「わたしはそのふたり、うまくいくと思いますよ」

野呂は「無理でしょう」と疑心暗鬼だ。

「冬月さんは商社勤めのキャリアウーマンだし、左野さんは専業主婦ですよ？　話が合うとは思えないです」

「まったく男はこれだから！」

七重が呆れたような顔で口を出す。

「わたしは商業高校卒。百瀬先生は東大卒。息がぴったり合ってるじゃありませんか」

百瀬と野呂は顔を見合わせた。息が合っているのでしょうか？　いるのでしょうねと、アイコンタクトで確認し合う。

七重は自信たっぷりに話し続ける。

「いいですか？　冬月さん、左野さん、ふたりとも双子の女の子がいるおかあさんで、旦那はあてにできず、ひとりで育児をしてきたという点では同じ境遇ですよ。性格うんぬんじゃありません。同じ苦労こそが女の絆。話が合うに決まってます」

百瀬と野呂は今度こそ「なるほど」とうなずいた。

「育児はね、孤独が敵なんですよ。子どもとだけ向き合ってると、頭が変になるんです。おとなが複数いて、もちつもたれつでやっていくのが一番ですよ」

百瀬は心から「七重さんの言う通りですね」と言った。

「冬月さんは見違えるようにおだやかになりました。おかあさんが柔らかくなったからでしょう、るりさんも笑うようになったそうです。夏休みはあかねさんも加わって、左野家の双子も一緒に、六人で海に行ったんだそうです。るりさんとあかねさんはあいかわらず仲良しで、手を繋いで波打ち際で遊んでいたそうです。ふたりの絆が強過ぎると冬月さんは感じたそうですが、双子ってそういうもので、絆はよいものだから心配ないと、左野さんはおっしゃったそうです。いずれ大きくなればちゃんと自分の世界をもつようになるからと。左野家の娘さんたちも、そうだよ、心配しすぎだよとおっしゃって、冬月さんは安心し、無理にふたりを引き離さず、気長に見守るつもりだとおっしゃいました。あかねさんは寮での生活が面白くて、るりさんはそれを聞いて、自分も二学期から学校に通うと言い出したそうです。次にあかねさんに会った時、自分も学校の話をしてあげられるからだそうです」

「嘘じゃない話だといいですけどね」と七重はちゃちゃを入れた。

「それで、バナナは実がついたんですか？」

「それなんですよ。実は巨大になってしまって、手に負えず、庭に植え替えたんだそうです。冬月家と左野家みんなで力を合わせて庭に植えて、育つかどうかはわかりませんが、とりあえずリビングは涼しくなったでしょう。ほっとしました」

「リビング？」

百瀬は「いいえ、なんでもありません」と言った。裁判所に行く時間が迫っているので、話を切り上げた。

左野家はよい家だ。しかしあの部屋は暑すぎる。ヒマラヤンは長毛なので、あの暑さはコタえると思い、気がかりだった。是正されてほっとしている。

適温で風通し抜群の日本家屋である百瀬法律事務所は、かしましい会話がようやく途切れ、ラジオからは洋楽が流れている。

野呂の好みでほぼ毎日ラジオの洋楽番組が流れている。はじめ野呂は仕事中イヤホンをつけてひとりで鑑賞していたが、何度か猫がコードを引っこ抜いてしまったので、「音楽なら自由に流してくださっていいですよ」と百瀬が言い、以降、事務所に洋楽が流れるようになった。野呂好みの番組なので、クラシック寄りだが、現代音楽も流れている。

今は美しい歌声が響いている。歌詞は抒情《じょじょう》的でメッセージ性はない。

風が吹き、川の水は流れ、空には星、遠くには夢の家、そこへ歩いてゆく、ゆらゆらと、寄り道をしながら、夢の家へいつかたどりつく、そのような文言をイギリス英語で繰り返すだけなのだが、メロディが美しく、何よりも声が素敵で、たとえていうなら、涼風のようで、いつまでも聴いていたくなる。

音楽に疎い百瀬も思わず「いい声ですねえ」とつぶやいた。

「でしょう?」

野呂は自慢げだ。

「ヒットチャート一位です。イギリスのランキングですけどね。そのうちアメリカ進出しますよ。声が素敵でしょう? わたしは前から目をつけていました。ヒットしたのはごく最近です。なんでも、イギリスの上流階級出身の女性だそうです」

「さすがですね野呂さん」

百瀬は身支度を進めた。そろそろ出ないと間に合わない。野呂が蘊蓄《うんちく》を語り始めたら長い。面白いのだが、今はつき合えない。百瀬が上着を手にして立ち上がっても、野呂はまだしゃべり続けている。

「スイミーという名前で、プロフィールはシークレットなんです」

どきっという音が聞こえるほど、百瀬の胸は高鳴った。

「イギリスはなんだかんだ言っても階級社会ですからね、上流階級出身ゆえに表舞台に立てたのかもしれません。テクニックも上等とは言えません。でも、子どもみたいに素直な、心にすっと入ってくる良い声でしょう。実は日系人という噂《うわさ》があるんです。幼い頃に海を渡って、上流階級の家に養子に入ったとかね。まるでおとぎ話です。シークレットにすると、あれこれ詮索されますからね」

百瀬は「いってきます」と言って事務所を出た。

ひまわりはすっかり咲き終わり、種を採取する時期だ。腕時計を見ると、早足では間に合いそうになく、駅まで走ることにした。

走りながら、スイミーの歌を脳内で再生する。

風が吹き、川の水は流れ、空には星、遠くには夢の家、そこへ歩いてゆく、ゆらゆらと、寄り道をしながら、夢の家へいつかたどりつく。

「山田さんは城にたどりついたんだ」と百瀬は思った。

スイミーが山田かどうかは確かめない。これは自分につく嘘かもしれない。

でも、そう信じることにした。

あの時ついてゆけなかった自分をそろそろ許したい。

百瀬は走る。

過去を振り切るように、まっすぐ、力いっぱい走る。

本書は書き下ろしです

大山淳子（おおやま・じゅんこ）
東京都出身。2006年、『三日月夜話』で城戸賞入選。2008年、『通夜女《つやめ》』で函館港イルミナシオン映画祭シナリオ大賞グランプリ。2011年、『猫弁 死体の身代金』で第3回TBS・講談社ドラマ原作大賞を受賞しデビュー。「猫弁」シリーズの第1シーズンとして『猫弁 天才百瀬とやっかいな依頼人たち』『猫弁と透明人間』『猫弁と指輪物語』『猫弁と少女探偵』『猫弁と魔女裁判』、第2シーズンとして『猫弁と星の王子』『猫弁と鉄の女』『猫弁と幽霊屋敷』がある。2018年、『赤い靴』が第21回大藪春彦賞候補となる。他著に「あずかりやさん」シリーズ、『イーヨくんの結婚生活』『犬小屋アットホーム！』などがある。

猫弁《ねこべん》と狼《おおかみ》少女《しょうじょ》

第一刷発行　二〇二三年九月二十日

著者　大山淳子《おおやまじゅんこ》

発行者　髙橋明男

発行所　株式会社　講談社
〒112-8001 東京都文京区音羽二―一二―二一
電話　出版　〇三―五三九五―三五〇五
　　　販売　〇三―五三九五―五八一七
　　　業務　〇三―五三九五―三六一五

本文データ制作　講談社デジタル製作

印刷所　株式会社ＫＰＳプロダクツ

製本所　株式会社国宝社

定価はカバーに表示してあります。

Printed in Japan　ISBN978-4-06-532820-0
N.D.C. 913　290p　19cm

KODANSHA